Sonya
ソーニャ文庫

聖女は鳥籠に囚われる

葛西青磁

JN252757

イースト・プレス

contents

序章

しんしんと雪が降りしきるその夜、ディノワールの王宮に産声《うぶごえ》が上がった。

国王の第二子となる赤子が無事に生まれたことで、室内の張り詰めていた気配が消え、代わりに安堵《あんど》と穏《おだ》やかな空気が広がっていく。

だが、その中にあって赤子を取り上げた医師と、その周りで介助《かいじょ》を行っていた侍女たちは、声もなく立ちすくんでいた。

「わたくしの子は、王子ですか、姫ですか」

頰《ほお》を紅潮《こうちょう》させ、額に汗を浮かべた王妃が、大業を成し遂《と》げた喜びに微笑《ほほえ》みながら問いかける。だがそれに対し、医師は呆然《ぼうぜん》としたまま呟いた。

「――妃殿下、……女神が……」

「え？」

思いもしなかった医師の呟《つぶや》きに、王妃は困惑に眉《まゆ》をひそめながら、どういうことなのかと問いかけようとしたが、その言葉が発せられることはなかった。

白くやわらかそうなおくるみに包まれた赤子を、まさしく壊れ物を抱くような仕草で侍女が運んでくる。小さな我が子を腕の中に受け取り、おくるみから覗く姿を目にした瞬間、王妃は医師の言っていた言葉がただの比喩《ひゆ》や誇張《こちょう》ではなかったのだと悟《さと》った。

「――ああ、なんてこと……」

医師は事実をありのままに述べていたのだ。

腕の中の我が子は、両親である国王と王妃のいずれとも異なる色彩を纏《まと》っていた。否、正確にはどの色も持っていなかったのである。それはまるで――。

「ああ、神の娘が降誕《こうたん》なされた――」

医師はどこか恍惚《こうこつ》とした様子で呟き、王妃とその腕の中の存在へ向かってひれ伏す。それにならうように、侍女や部屋にいた者たちすべてが膝《ひざ》をつき、頭《こうべ》を垂《た》れた。それは神へ捧《ささ》げる最上の敬意だった。

「すぐに陛下にお知らせせよ」

やがて唐突に我に返ったように医師が側仕えの者へと命じる。その声で止まっていた時間が動き始めたかのごとく、一気に部屋の中が慌ただしくなる。

王女誕生の知らせは、王宮に喜びと、それをはるかに凌駕《りょうが》する衝撃をもたらした。

その影響は国内だけにとどまらず、広く大陸全土へと広がっていくこととなる。

だから、その陰に深い悲しみがあったことに、誰も気づくことはなかったのである――。

第一章　白い森

真珠《しんじゅ》の艶《つや》を帯びた乳白色の髪と肌、消えゆく空を彩る黄昏《たそがれ》色の眸《ひとみ》。

その色を纏って生まれ落ちた瞬間から、シルヴィアは生涯を神に捧げることを運命づけられていた。

大陸ノルディア。

緑豊かなこの地は、かつて女神エレオノーラによって創造されたと言われている。

大陸の南端から西へと走る山脈が見下ろす広大な土地には多くの国々があり、そのほとんどが女神を深く信仰している。

その中のひとつ、ディノワール。

大陸の中では小国に当たるが、この国は古来より人々から神聖視されてきた。

その理由は王家にあった。

王家には、まれに特別な姿を持った赤子が誕生する。赤子は決まって女児であり、姿は女神エレオノーラ同様に全身が純白なのだという。

その赤子は女神の祝福を受けた者『白雪の姫《ブランシュネージュ》』として、生涯を大聖堂で神に捧げると共に、女神同様に人々から信仰の対象として崇《あが》め、敬《うやま》われるようになる。

十八年前の雪の夜、シルヴィアの誕生に大陸中が歓喜の声を上げた。新たなブランシュネージュの誕生が実に数世紀ぶりであるだけに、たちまちシルヴィアの存在は広く知れ渡ることとなった。

そして年月が流れ、成長したシルヴィアは、かつての王女らがそうであったように『ブランシュネージュ』と人々から親しみを込めて呼ばれ、慕《した》われる存在となっている——。


夜が明ける前のリュシール大聖堂は、何者をも寄せ付けない荘厳《そうごん》な気配に満ちている。朝を知らせる大聖堂の鐘《かね》が鳴るまであと半時。

シルヴィアは、静寂《せいじゃく》で満たされたこの時間帯が一番好きだ。

大聖堂で一般の人々が立ち入ることを許されている礼拝堂《れいはいどう》は、通路の両側に天井まで届くほどの巨大なステンドグラスがあるとはいえ、夜の間はランプの明かりがなければ足元さえおぼつかない。

その暗い礼拝堂の中を、シルヴィアは確かな足取りで奥へと歩いて行く。

五歳の時からこのリュシール大聖堂で生活しているシルヴィアにとって、ここは神を畏《おそ》れ敬う場であると同時に、彼女を外界から守る大きな巣のようでもあった。

総大理石造りのリュシール大聖堂は、エレオノーラを信仰する大陸中の教会を統《す》べる中心的な存在であり、日々国内外から多くの信者が訪れている。

大聖堂の正面《ファサード》から礼拝堂へ入ると、日中であれば、紅大理石が敷き詰められた広い通路の両側にあるステンドグラスから差し込む光によって、聖堂内部は幻想的な雰囲気を醸《かも》し出す。

両側の壁には巨大な柱が不規則に並び、それらがアーチ状の天井を支える様は、ともすれば長い年月を生きた樹木が天へ向かって枝葉を伸ばしているようにも見えて、あたかも深い森に迷い込んでしまったような錯覚を覚える。

だが今、この白い森は暗い闇の中にその身を潜め、静かに朝の訪れを待っている。

闇に溶け込んだ通路をシルヴィアは迷うことなく進み、やがてぴたりと足を止めた。

その時、丁度雲の切れ間から月が顔を出し、ステンドグラスから光が差し込んだ。

暗い空間の中に、一体の白い像が現れる。

袖《そで》の長いローブを纏った繊細な容姿の女性——女神エレオノーラである。

ヴェールの下の女神の双眸《そうぼう》は、固く閉ざされていた。

女神の姿を見ると、シルヴィアはどうしても自分と重ねてしまう。

きっと、女神も明るい陽のもとでは目を開けることができなかったのだろう。

大聖堂内に飾られた絵画の中に描かれているエレオノーラは、目を閉じているものが圧倒的に多かった。まれに目を開いた状態で描かれたものもあったが、その時には必ずヴェールを被っていた。——そう、昼間のシルヴィアと同じように。

生まれつきほとんど色素を持たないシルヴィアの目は、虹彩がごく薄い紫のために、太陽の日差しや、光に対する耐性が驚くほど弱く、晴れた日に屋外に出ると耐えられないほど強い羞明《しゅうめい》を感じてしまう。

肌に関しても同様で、無防備に陽のもとに出ようものなら、ごく短時間でも肌は赤く腫れて、まるでやけどでも負ったかのようにひどく痛むのだ。

そのため、幼い頃からシルヴィアは夏の暑い日であっても、常に指先までを隠す袖の長いドレスや、光を遮《さえぎ》るヴェールが手放せなかった。

夜ならば、光に目が眩むこともなく、ありのままの世界を見ることができる。

肌を焼く熱もなく、素肌に風を感じることができる。

夜はシルヴィアに優しい。

けれど、シルヴィアは夜と同じくらい昼も、そして太陽も好きだ。

幼い頃から太陽を避けるようにして生きてきたシルヴィアだが、心の片隅ではいつか思いきり陽の差す場所へ出てみたいと思っていた。

わたしと同じ気持ちだったのかしら、と思いながら、シルヴィアは女神像を見上げた。

女神の像は両腕を開き、手のひらを上に向けて前方へと差しのべていた。

ブランシュネージュとして信者を迎えるとき、シルヴィアは女神像に背を向けて立つ。すると、丁度女神が彼女を包み込むような形になる。

さらにその周りを、大聖堂と同じ大理石で造られた細い木々が、二人を覆《おお》うように囲んでいる。――それはあたかも娘を守る女神を、さらに森の木々が守っているかのような光景だった。

リュシール大聖堂が白い森と言われる所以《ゆえん》である。

けれど今のシルヴィアは、女神像に背を向けることなく見上げたまま膝をつくと、胸の前で両手を組み合わせた。

いつもシルヴィアがブランシュネージュとして迎える信者と同じ姿だ。

組み合わせた手にそのまま額を寄せると、神へ祈りを捧げるべく深く頭を垂れる。

やがて静かに顔を上げると、シルヴィアは目を閉じたままの女神を見つめた。

シルヴィアの母は、彼女を産んで程なく亡くなった。そのためシルヴィアに母親の記憶はない。きっとこんな感じなのかもしれない、とシルヴィアは女神を前にしてぼんやりと思う。

どんなときでも、優しく包み込んでくれるような――。

ゴーン。

「……っ」

厳かな鐘の音が大聖堂の上部から聞こえた。大聖堂の屋上に造られた、ひときわ大きな尖塔《せんとう》にあるその鐘は、シルヴィアが生まれるはるか昔から王都に朝の訪れを知らせてきた。余韻《よいん》に重なるように再び鳴り響く。ゴーン、ゴーンと、ゆったりとしたリズムで繰り返される。

見れば、ステンドグラスの左端が、先ほどよりもわずかに明るさを増していた。

――夜明けが近い。

「そろそろ戻らないと、またアデルにしかられてしまうわ」

呟いて立ち上がると、シルヴィアは祭壇を降りて来た道を戻り始める。礼拝堂を出て回《かい》廊《ろう》を寝所へと戻りながら見上げた夜空には、宝石をちりばめたように沢山の星々が繊細な輝きを放っていた――。

「本当にもう……姫様はご自分のお立場をわかっておいでなのですか」

ため息交じりの呆れ声を聞くのは、これで何度目か。

「ごめんなさい、アデル。すぐに戻るつもりだったのよ」

朝日が昇るのと入れ違いに目を閉ざしたシルヴィアには見えないが、その声から察するに、きっと今アデルは困り切った顔をしているのだろう。

手をのばし、テーブルの縁からソーサーの位置を確認して、ティーカップを取り上げる。

そろりと口をつけると、ほどよい温度の紅茶が口内に流れ込んでくる。シルヴィアが好きな少し甘めのミルクティーだ。

窓から心地よい初夏の風が入ってくる。その風に乗って、庭に植えられたビターオレンジのやわらかな香りも漂ってきて、シルヴィアの胸をすがすがしくさせた。

大聖堂の最奥にあるシルヴィアの寝所を兼ねた私室は、ほぼ北側に面していることもあり、日中でもほとんど陽が差し込まない。そのため、シルヴィアにとってはとても過ごしやすく、気に入っている。

シルヴィアの目は光に弱い。だからといって暗闇が好きだというわけでもないから、室内はレースのカーテンを引いているだけで、ほどよい明るさを保っている。このくらいの明るさであれば、少しの時間であれば目を開けていることもできるが、生まれてからこれまで日中は目を閉ざす生活に慣れてしまっているシルヴィアには、朝の訪れと共に視界を遮ることに抵抗はなかった。

その方が、移動時などに不意に明るい場所に出ても、羞明で視界を奪われずにすむため、シルヴィアとしては都合が良かったからだ。それに目を閉じている分、他の感覚が研《と》ぎ澄まされる。――たとえば今、傍でアデルが主人に気づかれないように、そっとため息をついたこととか。

「いくら夜が昼とは違って視界が利《き》くといっても、それはあくまでも昼間と比べてなんですから。それに供もつけずになんて危険すぎます」

アデルが手厳しい言葉をあえて口にするのは、彼女がシルヴィアに仕えるようになって十年以上になる古参の侍女だからである。

当然、シルヴィアの性格や好みなども熟知している。――そして、このところ毎日シルヴィアが早朝に寝所を抜け出して礼拝堂へ向かう理由も。

「今朝も陛下のためにお祈りを？」

「……ええ」

先月末のことである。ディノワール国王でありシルヴィアの父であるアウラードが、朝議の席で突然激しい頭痛と吐き気を訴えて倒れたのである。

国王を診察した侍医の見立てでは、頭の中で出血が起こり、それが脳を圧迫したことが原因だろうということだった。

治療は受けたものの、国王の状態は芳《かんば》しくなく、このまま意識が戻らない可能性もあると聞かされたシルヴィアは、病床の父の傍で祈ることしかできなかった。

――その願いが天に届いたのか。

倒れてから三日目の朝、国王は奇跡的に意識を取り戻した。

しかし目覚めはしたものの、後遺症によって左半身には麻痺《まひ》が残り、元の生活に戻ることは難しいだろうと医師は沈痛《ちんつう》な面持ちで語った。

それから半月が経つが、父王の様子にめざましい変化はない。

「ですが、医師の話では目覚めたこと自体が奇跡だと。――きっと、姫様の祈りが女神様に届いたのですわ」

「皆の気持ちが伝わったのよ」

淡く微笑みながら、シルヴィアはさりげなく訂正した。

礼拝堂に訪れる信者たちの声を聞くのが、五歳の時からのシルヴィアの毎日の務めだが、最近は国王の体調を気遣い、回復を願うものがとても多い。

そんなとき、シルヴィアはもどかしく感じてしまうのだ。

神の娘と言われながら、病床の父を救うことさえできない――。

思わずため息を漏らしそうになったが、すんでのところで押しとどめる。

こんなところで悲しんでいても、父は喜んではくれないだろう。だから今は自分にできることをしなくては。

そう思い直すと、シルヴィアは気持ちを切り替えるように立ち上がった。

身支度を整え、寝台のサイドテーブルからヴェールを取り上げようとして、指先がそれとは違う硬く平らなものに触れる。

それは、シルヴィアが八年前から大切にしている布張りの装丁の本だった。

無意識に指先がその形をなぞれば、少女の頃の記憶がよみがえる。

――あの夏の日、蒼《あお》い森で一緒に過ごした少年の笑顔。やわらかな日向《ひなた》の匂い。そして、彼と交わした約束。

刹那《せつな》、胸の奥に押し込めたはずの想いが、行き場を求めて切なく疼いた。

これが手元にある限り、胸を苛《さいな》む痛みが消える日は来ない。

それがわかっているのに、シルヴィアはどうしても手放すことができないでいた。

――これは、わたしが初めて見つけた大切なものだから。

いつまでも想いを振り切れない自分への言い訳のように心中で呟きながら、シルヴィアは本から手を離すと、傍らにあったヴェールを取り上げた。ふわりと被った瞬間、あたりを覆う明るさがぐっとやわらぐ。一見普通のヴェールに見えるそれは、特殊な織りによってある程度の光であれば遮ることができるという優れた機能を持っている。これがあるとないのでは目にかかる負担がまるで違うため、代々のブランシュネージュと同様に、シルヴィアにとってもなくてはならないものだった。

ヴェールの裾の位置を整えると、深く一度呼吸をしてから、シルヴィアは顔を上げた。

「行くわ」

今日もまた、ブランシュネージュとしての一日が始まろうとしていた。


シルヴィアを初めて見たとき、人々はその姿に息をのむ。

大聖堂の荘厳な雰囲気のせいもあるだろう。ステンドグラス越しの淡い光が差す白い森を進んだ先――そこで、信者はこの世ならざる光景を目にするのである。

女神に守られながら静かに佇《たたず》む、白い聖女を。

ヴェール越しに淡く透けて見える白い肌と髪。髪はただ白いだけでなく、真珠色の艶を帯びて緩やかに背を流れ、やわらかな輝きを放っている。

繊細な顔立ちはあたかも一流の人形師が丹精《たんせい》したかのようで、今は固く閉ざされているが、瞼《まぶた》の奥に隠されている眸は、幻想的な美しさを秘めたごく淡い黄昏色だという。

だが、その眸は光に弱く、信者が訪れる間に開かれることはない。

それを残念がる者も少なからずいたが、彼女の眸を見ることが叶わなくとも、その姿を一度見てしまえば、皆、それだけで満足してしまう。目を閉じて彼らを迎え入れる聖女の姿があまりにも神々しすぎて、胸がいっぱいになるからだ。

信者は彼女の前へ来ると、言われなくとも自然と膝をつき、胸の前で両手を組み合わせて深く頭を垂れる。そうしてゆっくりと顔を上げて、そっと手を差しのべると、まるでそれが見えているかのように、彼女はローブの長い袖からわずかに覗く指先を重ね、穏やかに微笑みかける。

「あなたに、女神の祝福があらんことを」

大聖堂に訪れた信者を迎え、彼らの祈りを聞き届けたのちに祝福の言葉を授ける。――それが、シルヴィアの毎日の務めである。

「ありがとうございます、ブランシュネージュさま」

シルヴィアはその声に聞き覚えがあった。

「……風邪は、良くなりましたか？」

この老婆は、毎週同じ曜日に礼拝に訪れていた。先週言葉を交わしたとき、少し声がかすれていたため、気になって問いかけると、『風邪を引いたのです』と答えていた。

老婆自身はそのことを訊かれるとは思いもしなかったのだろう。つかの間声を詰まらせたが、やがて感慨深げに息を吐きながら「ええ」と答えた。

「おかげさまで、もうすっかり良くなりました」

「……それはよかったです。ですがまだ朝夕は冷えますから、お気をつけて」

「ああ……ありがとうございます、ブランシュネージュさま」

老婆は感極まったようにシルヴィアのローブに包まれた手の甲に自らの額を押し当てた。

「お優しいブランシュネージュさま。このような老婆にまでお情けをくださるとは……」

感涙に頬を濡らす老婆は、名残惜しそうに帰って行った。

そうして新たな信者がシルヴィアの前に膝をつき、先ほどの老婆と同じように祈りを捧げていく。

シルヴィアが信者たちに深く慕われる理由のひとつがここにあった。

ただ祈りを聞くだけでなく、彼ら一人ひとりと真摯に向き合っている。そして次に会ったとき、気にかけていたことがあればシルヴィアの方から話しかける。

毎日膨大な数の人々と接するため、彼らとの会話のすべてを覚えていることはさすがにできないが、それでもシルヴィアの方から言葉をかけるという行為そのものが、彼らにとっては大きな喜びであり、そのことによって彼らの心は満たされ、さらなる信仰へと繋《つな》がっていくのである。

しかし、過ぎた信仰心には危うさが伴《ともな》う。

まれに、女神信仰についてゆがんだ解釈をする者が現れるのである。

女神はあらゆる病を治すという。ならば、その女神の祝福を受けた娘、ブランシュネージュにもその力があるのではないかと。

中には、ブランシュネージュ自身が万病を治す薬なのだという、とんでもない考えを抱く者さえいた。

ブランシュネージュの体の一部、髪の毛や爪のかけらを飲めば、病が治るのではないか。さらには、その身と交わることで、どのような病も治るのではないか――と。

よこしまな願いを抱いた信者と向き合うとき、シルヴィアはあまりにも無防備だ。

過去に一度だけ、シルヴィアは危うい目に遭いそうになったことがある。王族ということもあり、元々護衛の騎士は付いていたのだが、その隙《すき》をつくように事件は起きた。

幸い大事には至らずにすんだが、以降シルヴィアの周囲には、これまで以上に多くの騎士がつけられるようになった。

こうして礼拝堂にいる今も、あからさまではないが、要所要所に騎士が配置されている。

そして、シルヴィアから数歩下がったところにアデルが控え、近づく信者の様子におかしなところがないか見守り、万一不審な行動が見られれば、すぐにも騎士を呼ぶことができるように備えていた。すべては、彼らの仕える大切な姫が、もう二度と傷つけられることがないように。

その甲斐《かい》あってか、事件以来、シルヴィアに不埒《ふらち》なまねをしでかす者は現れていない。

シルヴィアはその事件の後も、変わらずに信者らと接している。大司教らはそのことを心配し、少し距離をとるべきではと提案したが、シルヴィアはつかの間も逡巡《しゅんじゅん》することなく頭を振った。

『わたしが人を疑ってはいけないと思うのです。わたしが疑うということは、神が人を信じないのと同じでしょう？　——だから、わたしは誰も疑いたくないし、ありのままを受け入れたいと思っています。——駄目ですか？』

困ったように微笑むと、シルヴィアがうわべを取り繕《つくろ》っているのではなく心からそう思っていることは、わかってもらえたようだった。

『あなたがそういうお気持ちならば、もはや私からは何も言うことはありますまい。これまで通り、あなたが安心して信者と向き合えるよう、私も共に祈ろう』

——今生のブランシュネージュは、儚《はかな》げな見た目よりも、ずっと芯がしっかりしているのかもしれない。

大司教はかつてシルヴィアが自分の運命について思い悩んでいたことを知っている。

けれど会話の中から彼女の強い意志を感じ取った大司教は、自らも覚悟を決めると、国王とも相談の結果、これまで通りに信者たちを迎えることに決めたのである。

今も大司教らが見守る中、シルヴィアは男性信者の差しのべる手に、ためらう様子など微塵《みじん》もなく手を重ねている。

「どうか、陛下のご病気が一日も早く治りますように」

「ええ、一日でも早く陛下がお元気になられるように、共に祈りましょう」

「はい、ブランシュネージュさま」

その様子を見ていたアデルが、ふとシルヴィアの後方へ注意をずらすと、二人の会話を聞いたらしい信者が膝をついて、手を胸の前で組み合わせて頭を垂れるところだった。

すると後ろにいた信者たちもならうように祈りを捧げ始め、その波はどんどん後方へと広がっていき、礼拝堂内が一体感に包まれていく。シルヴィアの隣にいる大司教も、共に祈りを捧げていた。

シルヴィアを中心に、人々が膝を折って祈りを捧げる。

こうした光景は珍しくない。信者の目に、シルヴィアがブランシュネージュではなく、女神そのものに見える瞬間だ。

あたかも一枚の宗教画のような美しい情景に、信仰を持つ者でなくとも思わず見とれてしまう。

そうやって緩やかに時間は流れていき、やがて太陽が中天《ちゅうてん》に上る頃になると、礼拝堂に残る人もまばらになってくる。

「姫様、そろそろお時間です」

傍らから告げられたアデルの声に、シルヴィアは顔を上げた。

シルヴィアが礼拝堂で務めを行うのは、祭事がない限りは午前中のみである。その後は、私室に戻って軽く食事をしてから父王のもとへ見舞いに向かうのが、この数週間の日課となっていた。

シルヴィアは小さく頷《うなず》くと、大司教の方へ体ごと向き直る。すると、大司教は「そうですね」と呟いた。

「今日は信者の来訪も落ち着いたようですし、陛下に姫様のお顔を見せて差し上げてください」

「ありがとうございます、大司教さま」

お礼を言って淑女の礼をとる。この大聖堂で一番尊ばれるのは、神の祝福を受けたとされるシルヴィアだが、彼女が大司教への礼節を欠かすことはこれまで一度もなかった。

大聖堂の歴史もしきたりも、何もわからないシルヴィアに細事《さいじ》に至るまで教えてくれたのは大司教だ。今こうしてブランシュネージュとしていられるのも、大司教の教えがあったからだとシルヴィアは思っている。

挨拶をすませると、シルヴィアはアデルの差し出した手のひらに自分の手をのせる。

アデルはもうずっとシルヴィアの目の代わりをしてくれている。だから、どのくらいの速さで歩けばいいかも熟知しており、シルヴィアも彼女を心から信頼していた。

礼拝堂を出て、周囲を数名の騎士に守られながら大聖堂内の奥へ――関係者以外は立ち入り禁止の区域へ向かう。

回廊を進みながら、アデルがシルヴィアを振り返る。

「お疲れになったでしょう。お部屋にお戻りになったらすぐにお茶を……」

言いかけたアデルの言葉が不意に止まる。

「アデル？　どう……」

どうしたの、とシルヴィアが言いかけたときだった。

たった今出てきた礼拝堂の方から、こちらへと向かってくる足音があることにシルヴィアは気づく。信者たちのように静かに歩くのではなく、あえて静寂を打ち破るような、そんな乱雑な足音に。

「姫様」

警戒を含んだアデルの固い声を聞くまでもなく、シルヴィアは彼女が何を伝えたいのかすぐに察した。

徐々に近づいてくる、石畳を踏む固い靴音《くつおと》。礼拝堂ほどではないが、それでも大人が五人横に並んでも余裕で歩けるほど広い回廊に響き渡る音は一足分ではない。おそらく十人近くはいるだろう。

「姫様、少し急ぎますよ」

護衛の騎士と何事かを相談する気配に続き、手を引く力が少しだけ強まる。だが、早足で進み始めて程なく、「陛下、あちらに」という声が聞こえてきた。繋がった手を通してアデルの動揺が伝わってくる。

一気に近づいてくる靴音。足止めに向かったらしい騎士たちの警告を受けても、迫ってくる者たちが諦める気配はなく、二人がどれほど急ぎ足で進んでも、距離は縮まるばかりだった。

「アデル、もう駄目……」

「姫様……！」

回廊の片側は中庭に面している。そのため空から降り注ぐ陽の光が、大理石に反射して回廊を明るく照らしている。それは普通の人ならば快適な明るさだが、シルヴィアにとっては遮光のヴェールをしていても十分すぎた。雨でも降りそうな暗い空ならば、少しの間なら目を開けることもできたが、もし今目を開けてしまえば、強い光に一気に視界を奪われ、かえって足手まといになるだろう。

そんな状態のシルヴィアが、アデルの誘導だけで逃げ切れるはずもなかった。

「あと少しですから頑張ってください！」

もう少し行けば、関係者以外は立ち入り禁止の区域に入る。けれどそこへたどり着けたとしても、彼は見逃してはくれないだろう。

なぜなら、彼はリュシール大聖堂へ信者として祈りに来たのではなく、シルヴィアに会うためだけに訪れたのだから。

「待て、ブランシュネージュ」

不意にかけられた声に、ぎくりと体がすくむ。

進むべきか止まるべきか躊躇《ちゅうちょ》した一瞬で逃げ道は失われた。

背後に迫っていた靴音が前方へとまわり、目の前にアデルとは違う気配を感じたと思った直後、揶揄《やゆ》混じりの低い声が響いた。

「せっかく会いに来てやったというのに、何故逃げる」

「……フリードリヒ陛下」

その声を聞き間違えるはずがなかった。

ディノワールと隣接する大国エヴァルトの王、フリードリヒだ。シルヴィアは彼のことが何より恐ろしかった。

今年三十五歳になるフリードリヒは、その剛胆《ごうたん》で野心的な政治手腕をもって、彼が王位に就いてから十数年の間に、エヴァルトの国土を驚くべき速さで拡大させていった。

フリードリヒの戦争好きは周知の事実であるが、彼はそれと同じくらい好色家としても知られている。

後宮には彼の寵《ちょう》を待つ女たちが百人以上おり、その中には、これまでに彼が攻め落とした国々の王妃や王女なども含まれているのだという。

他者を威圧する大柄な体軀《たいく》と、常に油断ならない光を宿している鋭い眼光。彼の容姿を見ることができないシルヴィアに、アデルは『あれはまるで猛禽《もうきん》か獣《けだもの》です。隙を見せたら喉笛《のどぶえ》を食いちぎられそうな……とにかく怖い目をした方です』と表現していた。

その目が、今まさにシルヴィアを捕らえんと、狙いを定めている。目を閉ざしていても伝わる鋭い気配に、シルヴィアは緊張で指先が冷えていくのを感じた。

彼に初めて会ったのは、半年ほど前のことである。

これまでシルヴィアとフリードリヒに接触がなかったのは、ひとえに幸運によるものだった。またフリードリヒ自身が、信仰心が薄いということもある。

だが、半年前。何の気まぐれか、それまで一度も出席したことのなかった女神の聖誕祭の式典に訪れた彼は、そこで祭壇に立つシルヴィアに目を留めたのである。

後で聞いたアデルの話では、儀式のあいだ、王は食い入るようにシルヴィアを見ていたという。

フリードリヒは祭事が終わるやいなや、礼拝堂から出て私室に戻ろうとしていたシルヴィアを強引に引き留めたあげく、驚く彼女に突然求婚した。

ブランシュネージュは他の聖職者同様に結婚を禁じられている。

それを理由にシルヴィアが拒もうとも、王は諦めることなく、以降顔を合わせるたびに執拗《しつよう》にくどき続けた。礼拝堂内でもお構いなしであったため、腹に据《す》えかねたシルヴィアはとうとう、あるときフリードリヒに告げた。

『ここは聖なる場です。他の信者の邪魔をなさらないでください』

『そなたは皆が真剣に祈っているとでも思っているのか？　大半の男は、そなたが目を閉ざしているのをいいことに、肉欲に満ちた目でそなたの体を見ているというのに』

皮肉混じりに言い放つ男に、シルヴィアは唖然《あぜん》とするほかなかった。

彼の発言は、そのまま彼自身のことを指していたからだ。

以来、シルヴィアはこれまで以上にフリードリヒに対して嫌悪感を抱くようになったのである。

「いい加減俺のものになれ、ブランシュネージュ」

「なんとおっしゃっても、お受けすることはできません。何度も申し上げているように、わたしは結婚を禁じられた身」

だからあなたの申し入れを受ける気はない、と毅然《きぜん》とはねつける。

このようなやりとりを交わした後、フリードリヒは大抵また来ると言って去って行くのである。その終始楽しげな様子に、どこまでこの男が本気なのか、シルヴィアにはわからなかった。

だが、この日のフリードリヒは違った。

あくまでも拒み続けるシルヴィアに、彼は身を引くどころか小さく失笑を漏らしたのだ。

「なんだ。今日のブランシュネージュはえらく不機嫌だな。さては愛しいナイトが顔を見せてくれないからか？」

「……え？」

思わず反応してしまい、直後シルヴィアは後悔した。

途端、フリードリヒの低く笑う声が聞こえ、シルヴィアは眉をひそめた。

「やはりな。確かもう二年か？　シェヴィリア王が姿を見せなくなってから」

「…………」

シルヴィアとシェヴィリア王が親交を深めていることは、近隣諸国をはじめ広く知られている。

八年前、とある事件にシルヴィアが巻き込まれたおり、偶然居合わせた当時王子だったシェヴィリア王に助けられ、以来二人は親しくしているのである。

だがこの二年、シェヴィリア王はシルヴィアのもとを訪れていない。

「……それは陛下には関係のないことです」

これ以上いらぬ興味を示せば、この男の思うつぼだと、シルヴィアは素っ気なく言い放つ。

早くこの男から離れたくて仕方がなかった。

しかし、フリードリヒは「まあ慌てるな」と意味深に笑った。

──嫌な人。

人を小馬鹿にしたようなこういう態度が、シルヴィアがこの男を苦手とする理由のひとつだった。

そんなシルヴィアの心中に構うことなく、フリードリヒはくつくつと喉の奥で低く笑うと、彼女の耳元に顔を近づけて、わざとらしく声を潜めて囁いた。

「だがな、ブランシュネージュ。いくらそなたがシェヴィリア王を恋しく思おうとも、そなたがあの男と結ばれることはあるまいよ」

「……シェヴィリア王はわたしの大切な友人です。それ以上でも、それ以下でもありません」

「友人か」

フリードリヒが意味ありげに繰り返す。

「まあ、そういうことにしておかないと、辛いのはそなただからな。いずれやつはお前以外の女と結婚するのだし」

「そのようなお話なら、わたしはこれで失礼します」

込み上げる不快感をこれ以上抑えていることができずに、シルヴィアはフリードリヒの言葉を遮ると踵《きびす》を返した。

だが歩き始めるより早く、ローブに包まれた二の腕を男が摑む。

「……っ、なにを……」

ふりほどこうとした腕をさらに強く摑まれ、引き寄せられる。

「いた……っ」

あまりにも強引なフリードリヒの行為に体が反応できず、シルヴィアは男の胸に囚われてしまった。

「は、離してください……！」

これまで懸命に気丈に振る舞ってきたものの、突然のことに動揺して冷静さを保つことができず、あらがう声に怯《おび》えが滲《にじ》んだ。

シルヴィアの護衛の騎士たちも、守るべき主が明らかに怯えているのがわかっているのに、相手が隣国の王であるために、うかつに手出しをすることができず、眼前で繰り広げられる光景をただ見ていることしかできない。

それがわかっているフリードリヒは、身を離そうともがいているシルヴィアの細い腰に我が物顔で手を回した。そのあまりの傍若無人《ぼうじゃくぶじん》ぶりに、アデルが息をのんだ。

腕を突っ張る暇もなく、シルヴィアは男の腕に先程よりも深く抱き込まれる。

「いやっ！　離して！」

二人の間を隔《へだ》てるのが彼の胸に押し当てた自分の手だけという状況に、シルヴィアは激しく狼狽《うろた》えた。

「なあ、ブランシュネージュ、知っているか？」

「……な、なにを……」

「お前を手に入れる方法をだ」

「……え……？」

その言葉に、シルヴィアはつかの間抵抗を忘れる。一体この男は何を言わんとしているのか。

「簡単なことだ。そなたの純潔を散らせばいい。そうすれば名実ともに俺のものだ」

「……なっ……」

予想もしていなかったフリードリヒの言葉に、シルヴィアは絶句した。

ブランシュネージュは、生涯女神に仕えることを生まれたときから決められている。彼女たちはその特異な生まれから聖職者らとは違い、婚姻同様に還俗《げんぞく》も許されない。

だがそこには唯一例外があり、純潔を失ったブランシュネージュは女神に仕える資格を失ったとして、還俗を余儀なくされるのである。

この男は、それを為そうというのだ。

全身から血の気が引いていくのがわかった。

「そ、そのようなまね、許されるはずが……」

「そんなことはやってみなくてはわからない」

くつくつと低く笑みを漏らしながら、フリードリヒは「なあ」と欲の滲むざらついた声で囁きかける。

「いずれ他の女を選ぶ薄情な男より俺を選べ、ブランシュネージュ。そうすれば、いつでも俺がそなたを慰《なぐさ》めてやる」

「……あなたの哀れみはいりません。それよりも――」

「哀れみ？　……ブランシュネージュが男女のことについて、ことさらに疎《うと》いというのは本当らしいな」

シルヴィアが自分の言っている意味を理解していないと気づいたのか、フリードリヒが揶揄混じりに呟いた。

「慰めるというのはこういうことだ、ブランシュネージュ」

「ひ……っ」

言葉尻に男の手にいやらしく太ももを撫でられ、びくりと体がこわばった。

「何をするのです！」

「そなたがあまりにも初心《うぶ》だから、教えてやろうとしているだけだ」

そう言いながら、シルヴィアの抵抗をフリードリヒは難なく退けると、周囲にわざと見せつけるようにローブ越しの体をまさぐる。

「いや……っ」

「布越しでも男好きする体だとわかるな」

男の卑猥《ひわい》な手が、シルヴィアの華奢《きゃしゃ》な太ももや臀部《でんぶ》の丸みをねっとりと這《は》い回る。

いくらもがいても逃れられない。その嫌悪と恐怖、そして辱められる悔しさに、シルヴィアの閉ざされた双眸に涙が滲んだ。

「いや……っ、お願い、やめて……！」

周囲が手を出せないでいる中、唯一アデルがフリードリヒに訴えた。

「陛下、おやめください！」

「やめて欲しいのなら、お前も主人を説得しろ」

「そんなこと……！」

「ならば、お前もそこで見ているがいい」

意地悪く笑う男に、アデルが涙声で訴える。

「お願いです、姫様を……きゃあっ、は、離してください！」

途中でアデルの声が悲鳴混じりになる。靴音と「こっちへ来い」という言葉が聞こえ、フリードリヒの部下に拘束されたのだと察してシルヴィアは身を捩《よじ》った。

「アデル！」

「姫様！　誰か、姫様を……！」

アデルの悲痛な叫びが回廊にむなしく響く。

その声に応える――否、応えられる者などいるはずもなく。

――助けて……！

男の腕の中で、シルヴィアは胸に浮かぶただ一人の名を心の中で呼んだ。今ここにいないとわかっていても呼ばずにはいられなかった。

――その時。

「そこまでにしていただきたい」

「……っ」

涼やかな声を耳が拾った瞬間、シルヴィアの胸が大きく震えた。

誰しもが息をのみ、その声の主を探す。

けれど姿など見えなくとも、シルヴィアには彼が誰なのかわかっていた。

瞼越しに、彼の姿が見えるようだった。太陽のような金色の髪と、深い青の眸を持つ彼の姿が。記憶の中の彼は、いつも快活《かいかつ》に笑っていた。

彼の声をきっかけとしたように、フリードリヒの引き連れていた騎士たちが、まるで波が引くように左右に割れていく。その様子を見ることはできなかったが、近づいてくる彼の気配をシルヴィアは確かに感じ取っていた。

「そこまでにしていただきたい、フリードリヒ陛下。ブランシュネージュが怯えていらっしゃる」

相手を威圧することのない静かな声音。だがその声には毅然とした響きがあり、そこにいるすべての者を従わせる力があった。

「偉大なるエヴァルト国王は、大聖堂内が聖域であることをお忘れか？」

「――勿論《もちろん》覚えているとも。シェヴィリア王」

余裕の笑みを浮かべたフリードリヒが放った名で、一気に緊張の度合いが増す。

シェヴィリアはこの大陸でも一、二を争う大国であり、このシェヴィリアに比肩《ひけん》する国土を有するのがエヴァルトである。

しかし今でこそ大国の名をほしいままにしているエヴァルトであるが、そうなったのは急速に領土を拡大したここ十年ほどのことであり、経済力や軍事力といった総合的な国力に関しては未だシェヴィリアには及ばない。とはいえその武力は決して侮《あなど》れるものではなく、近隣諸国が今最も動向を警戒している国となっている。

この二国に挟まれる位置にディノワールはあるのだが、小国であるこの国が今まで他国

――とりわけエヴァルトから攻め入られることがなかったのは、宗教上の理由もさることながら、シェヴィリアの存在があったからと言っても過言ではなかった。

かつて、シェヴィリアとディノワールは平和条約を結んだ。その締結から既に半世紀が過ぎているが、両国の間にはこれまで問題が生じたこともなく、友好な関係が続いている。

その絆の根底には、当然ながらブランシュネージュの存在があった。

エレオノーラが最初に創り出した国であり、ブランシュネージュが唯一誕生する国であるディノワールを、シェヴィリアもまた神聖視しているのである。

国を守る上で、シェヴィリア以上に強力な後ろ盾は存在しない。つまりディノワールにとって、大国シェヴィリアは守護者と言っても過言ではなかった。

そのシェヴィリアの国王、オスカー・ヴァレリウス・シェヴィリアが現れたのだ。

まるで、シルヴィアの願いを聞き届けたようなタイミングで。

「ならば、ブランシュネージュを自由にしていただきたい」

「ナイトのお出ましか、シェヴィリア王」

それがこの男の癖《くせ》なのか、フリードリヒはふん、と鼻で笑った。

「手に入らぬとわかっていながら、それでもしつこくブランシュネージュのナイトを気取るとは、そなた一体どういう魂胆《こんたん》だ？」

あからさまな挑発だった。

しかしこれに対して、オスカーは淡々と答えた。

「ブランシュネージュをお守りすることは、シェヴィリア王として当然の義務。そこに私情を挟むのは愚か者のすることかと」

「……言ってくれるわ」

微塵も動じずにさらりと切り返されて、フリードリヒが苛立ったように呟く。

そしてこの頃には騒ぎを聞きつけたのだろう、他の騎士たちや司祭らが集まり始めていた。

さすがにこの状況では分が悪いと踏んだのだろう。フリードリヒは小さく舌打ちした。

「仕方ない。今日はこれで引き下がるが……」

言いながらフリードリヒはシルヴィアを解放する。

「姫様……！」

即座に寄ってきたアデルが、ふらつく主人の体をすかさず支えた。

「だが忘れるな。俺はこれまで欲しいと思ったものは必ず手に入れてきた。それが国であれ、女であれ——だ。だから、お前も必ず手に入れてみせる」

「……っ」

放たれた不吉な予言に、シルヴィアの全身から血の気が引いていく。

傲慢《ごうまん》な言い分を、その場にいた誰も笑うことはできなかった。

彼がこれまで欲しいものをすべて手に入れてきたことは、事実だったからである。

けれど、その場でただ一人だけが、フリードリヒの宣言に真っ向から立ち向かった。

「ならば、私は全力でブランシュネージュをお守りしよう。フリードリヒ陛下、あなたの毒牙によって白雪の姫が穢《けが》されぬように」

「今のうちにせいぜいナイトを気取っているがいい」

捨て台詞のように言い放つと、フリードリヒは踵を返す。

彼が立ち去っていく靴音を、シルヴィアはアデルの腕の中で震えながら聞いていた。

かすかに聞こえていた靴音が完全に消えた直後、ぎりぎりで支えていたシルヴィアの足から力が抜けた。

「姫様！」

慌てるアデルの声。しかしシルヴィアの体は倒れ込む前に、力強い腕によってしっかりと抱き留められた。

「あ、ありがとう……」

「大丈夫か、ブランシュネージュ」

すぐ傍から聞こえた声に、心臓が跳ね上がる。と同時に、今自分を支えてくれているのが他ならぬシェヴィリア国王オスカーだと気づき、さらに胸の鼓動が加速した。

「……あ、は、はい……」

「まだ少し顔色が悪いようだが……」

エヴァルト国王と対峙していたときとはまるで違う、穏やかな声に気遣われて、シルヴィアは急速に体温が上がっていくのを感じた。

「もう大丈夫です。自分で立てますから」

心の動揺を悟られまいと、意識して微笑みを浮かべながら彼の腕に手を添える。そのまま一歩下がろうとすると、ふらつかないようにという彼の気遣いだろうか、右手をさりげなくすくいあげられた。

「あの……支えてくださってありがとうございます、陛下……それに、先ほども……」

「礼には及ばない。あなたの身を守るのは信徒として当然のこと。間に合って何よりだった」

優しげな声には恩着せがましいところはまるでなく、彼が本心からそう思っているのが伝わってくる。

「ですが、どうして……」

このタイミングで来てくれたのだろうかというシルヴィアの当然の疑問に、オスカーはああ、と呟いた。

「先にアウラード陛下のもとへ参る予定だったのだが、大聖堂前にエヴァルト王家の馬車が停まっているのが見えたので、もしかしたらと思って。フリードリヒ陛下があなたにご執心《しゅうしん》なのは有名だから」

「……そうだったのですか」

本当に、彼が来てくれなければ一体どうなっていたか。

オスカー以外でこの場を収めることができる者といえば、父と兄以外にはいない。だが、国王代理を務める兄は多忙を極めており、今の父には自分の体のことだけを考えて欲しかった。

そんなさなかの出来事である。あのままオスカーが予定を変えてくれなかったら、と思うと今更のように背筋が震えた。

「二年」

不意にオスカーの声がして、シルヴィアの思考は遮られた。

「え？」

伏せがちになっていた顔を上げると、再びオスカーが言った。

「最後にディノワールに来てから、もうじき二年になる」

「……え、ええ」

シルヴィアは頷くと同時に、もうそんなにも時が流れたのだと認識する。

彼が最後にディノワールに訪れたのは、二年前――例年秋に行われている、豊穣を祝い、女神へ感謝を捧げる豊穣祭の時である。

豊穣祭を終えて、オスカーが帰国したその年の冬、彼の父であるシェヴィリア国王は風邪から肺炎を起こして、あっけなく急逝《きゅうせい》した。そのため当時王太子だったオスカーが即位したのである。

元々国王が高齢であり、執政《しっせい》のほとんどは王太子であったオスカーが取り仕切っていたこともあって、王位継承に伴う混乱はさほど見られなかった。

しかし、若いオスカーの即位に不満や不安を持つ者がいないわけではなく、そうした重臣らを納得させるためには相応の時間がかかった。それに加え、王の交代で国政が不安定になった隙をついて、国境付近での小競り合いが多発したことも、彼の来訪が遅れた一因となっていたのである。

「本当はもっと早く訪れたかったのだが、思った以上に周囲の私への評価が厳しくて」

オスカーの声に苦笑が混じる。

シルヴィアの兄であるアンドリューも言っていた。

『これからの三年間が、彼にとっての正念場だろうね。年若い王はどうしても軽んじられるから』と。

つまり三年の間に国内を掌握できなければ、彼の王権は短命になるだろう。そうアンドリューは読んでいたのだ。

しかしアンドリューの杞憂《きゆう》をよそに、オスカーはこれまでの執政で培《つちか》ってきた政治的手腕を遺憾《いかん》なく発揮することで頭の固い重臣らの忠誠を勝ち取ると共に、国境を侵した国に対しては武力によって手厚く歓迎することで、シェヴィリアの軍事力と、それを束ねるオスカーの王としての資質を他国に知らしめた。そうしてアンドリューの予想よりも一年も早く、オスカーは再びディノワールの地を踏むことが叶ったのである。

「二年の間に、さらに美しくなった」

「……えっ」

唐突な台詞《せりふ》に、シルヴィアが反応できずにいると、彼の手がすくい上げたままのシルヴィアの右手を、壊れ物に触れるようにやわらかく握った。

そうしてもう一度繰り返された台詞は、シルヴィアの耳にひどく甘く響いた。

「二年前の豊穣祭で見かけたときよりも、ずっと美しくなられた」

「…………」

シルヴィアは自分がヴェールを被っていて良かったと心から思った。

そうでなければ、泣きそうにゆがんだ顔を見られて、彼に気づかれただろうから。

——シルヴィアが、今でもオスカーに恋をしていることを。

第二章　ひと夏の邂逅《かいこう》

シルヴィアとオスカーの出会いは八年前にさかのぼる。

その年は、ディノワール国王アウラードの即位三十周年にあたり、在位を祝う式典が盛大に執《と》り行われていた。

近隣諸国からも王族が訪れ、国王に祝いの言葉を贈っていた。

リュシール大聖堂へ訪れる信者の数もいつもよりも多く、当然その中には他国の王族も含まれていた。

シルヴィアは本来王女だが、ブランシュネージュとして既に国外にも知られていたため、相手がたとえ国王であっても彼女の立つ位置が下位になることはない。しかしそうであれば尚のこと相手に無礼があってはならないといつも以上に気を遣うことで、シルヴィアは昼を迎える頃にはすっかり気疲れしてしまっていた。

「お疲れになったでしょう」

私室に戻り、侍女のアデルが用意してくれた甘いミルクティーに口をつけながら、シルヴィアはほのかに苦笑した。

「この後の宮廷晩餐会《ばんさん》には、わたしは出なくていいのよね?」

「ええ。姫様のお役目はここまでです。後はゆっくりとくつろがれて大丈夫ですよ」

「良かった」

にこりと笑んで、シルヴィアは甘い紅茶を楽しむ。

シルヴィアの私室は大聖堂内の奥まった場所にある。日当たりこそ悪いものの、部屋の外には一面緑が広がっており、季節の花々が今を盛りと咲き誇っている。

部屋からその奥庭へ出ると、十歩も歩かないうちに沢山の木々に出迎えられる。それらは常緑の葉を茂《しげ》らせた枝を四方へ広げ、あたかも屋根のように連なってシルヴィアの部屋まで続いていた。

蒼い森。奥庭のことを、シルヴィアはそう呼んでいる。

庭と呼ぶにはあまりにも広いそこは、常に蒼い夜が支配する世界だ。けれどそこに陰鬱《いんうつ》さや薄気味悪さはない。清浄で静謐《せいひつ》な気配に満ちているのは、大聖堂の敷地内にあるからだろう。

そしてこの奥庭を、大聖堂の聖職者たちは『エレオノーラの箱庭』と呼び、立ち入らないようにしていた。なぜならこの奥庭は、代々のブランシュネージュのためだけに作られたものだからである。

はるか昔、最初に生まれたブランシュネージュが、今のシルヴィアと同様に光に弱いことを知ったとき、彼女のための庭を造るよう国王が命じたのである。そうして、驚くほど広大な土地を高い塀《へい》で囲い、その中に寿命の長い樹木を植え、長い時間をかけてこの奥庭ができあがった。

その塀は大聖堂の正面を除いてぐるりと取り囲むようになっているため、建物へは正面以外からは一切立ち入ることができない造りになっている。当然のこと、奥庭へ通じる道もない。

しかし塀よりもさらに高く生い茂る木々を周囲から見ることはできる。その景観はまるで『白い森』と呼ばれる大聖堂を、緑の木々が守っているかのようだった。

外界から隔絶《かくぜつ》された場所。それが奥庭であり、その誰も立ち入ることのない奥庭をシルヴィアはこよなく愛していた。

「それなら、森に行くわ」

昼食を終えてからの時間、よほど強い雨でも降らない限り、シルヴィアは大抵奥庭で過ごしている。

「かしこまりました。目印までご案内しましょうか？」

返ってくる答えはわかっていても、アデルは必ずシルヴィアに訊ねてくる。だから、シルヴィアもいつもと同じように微笑んだ。

「平気よ。一人で行けるわ」

蒼い森へ足を踏み入れるようになって五年。最初の数か月はアデルの案内を必要としていたが、今では杖《つえ》さえあれば比較的自由に森を歩くことができていた。

「では、くれぐれもお気をつけくださいましね。雨が降るようでしたらお迎えに参りますから」

「ええ」

お願い、と言うとシルヴィアはアデルが渡した杖を携《たずさ》えて庭に出た。

一歩外に出るとあたりは清涼な空気に包まれている。その中をシルヴィアは杖と右手を頼りに進んでいく。程なく触れる幹《みき》の感触。毎日のように庭に出るうち、木肌の微妙な質感や枝葉の伸びる方向などで、シルヴィアはほとんどの木を区別できるようになっていた。

最初の木に触れてから右斜め先へと向かう。木々が密度を増すのに比例して、徐々に暗さを増していく中を、目印にしている木を頼りにゆっくりとした足取りで進んでいく。すると、程なくひときわ大きな樹木が現れた。大聖堂の敷地内にある木は、どれも樹齢が数百年を超えるものばかりだが、そんな中で、シルヴィアの前に現れた木は、他の木々よりもはるかに大きかった。

その木の根元にたどり着くと、シルヴィアは杖を幹に立てかけてから、そっと木肌に手のひらを重ねた。ひんやりとしてつるりとした感触が心地よい。季節はそろそろ夏を迎えようとしていたが、ここにいると季節を忘れる心地よさに包まれる。

他の木々とは手触りの違うこの大木がシルヴィアはお気に入りで、庭に出るときは必ずこの木のもとへ来た。部屋からの距離にすれば、数百歩分にもならないだろう。けれどアデルの道案内もない今、杖だけが頼りのシルヴィアにとっては、このわずかな距離が大冒険だったたし、それが楽しかった。アデルもそれがわかっているからだろう。シルヴィアのささやかな楽しみを奪うようなことはしなかった。

ほう、と安堵のため息を漏らすと、シルヴィアは木の幹に背を預けるようにして根元に腰を下ろす。

心持ちあごを上げて、ヴェールと瞼越しに感じる明るさを確認する。

――大丈夫。

部屋を出たときに感じた明るさはなく、心地よい暗さだけがある。

かすかにシルヴィアの乳白色のまつげが震え、固く閉ざされた瞼がゆっくりと開かれる。網膜《もうまく》に蒼い世界が徐々に映し出されていく。

シルヴィアの眼前に広がる、夜を擬似した世界。昼であるにもかかわらず、シルヴィアがいるこの奥庭には既に夜の帳《とばり》が降りているようだった。しかし完全に暗闇というわけではなく、限りなく透明度の高い湖に蒼い宝玉を溶かしたような、そんな居心地のよい暗さだ。

目を開けて数分ほどの間は、それでもわずかに羞明を感じていたが、じっとしていると徐々に目が慣れてくる。

ゆっくりと目を上に向けると、頭上に広がる枝が何重にも折り重なるようにして葉を茂らせ、空から降り注ぐ日差しを遮っている。

古の王が娘のために造りあげた『蒼い森』。木々が作り出す、この不思議な空間で過ごすひとときが、シルヴィアは大好きだった。

ここへ来て何をするというわけでもない。むしろ室内の方が、カーテンを閉め切り、蝋燭の明かりを灯した中で刺繍《ししゅう》を刺したり本を読んだりとできることは色々あった。

けれど壁に囲まれた室内にいるよりも、広い庭に出て何も考えずにぼんやりしたり、ゆったりと森の中を歩く方が、シルヴィアははるかに好きだった。

ここには誰もいない。シルヴィアのことを祝福を受けた娘だと崇める人もいない。ただのちっぽけな一人の人間として存在するだけだ。

古くからこの大聖堂と共にあった木々に囲まれていると、自分もこの森の一部になったような気がする。こんな感覚は部屋にいても得られない。だからこそ、シルヴィアはよほど天気が悪い日以外は、いつもこの場にいることを好んだ。つい時間の感覚を忘れてしまい、アデルが呆れて迎えに来ることもしばしばだった。

ふと足元を見ると、小さな白いものがぼんやりと見えた。

シルヴィアは口元にほのかな笑みを浮かべて手を伸ばす。それは小さくて、指先で触れるとやわらかかった。

その白いものはクローバーという花で、あたり一面に、同じ花が咲いていた。

「今日は見つかるかしら」

おまじないのように呟いて、シルヴィアは花から葉の方へと指先をずらす。

先日読んだ本の中で、クローバーの葉は通常三枚だが、まれに四枚のものがあると書かれてあった。そして、その四つ葉を持っていると、幸運が訪れる、とも。

それまでクローバーの葉と言えば、三枚のものしか知らなかったシルヴィアは、その四つ葉を是非見てみたいと思った。

以来、森の中であちこちに自生しているクローバーを見かけるたびに探しているのだが、今のところ四つ葉を見たことはない。

視力の弱いシルヴィアは、蒼い森とは言っても常に周囲はおぼろげにしか見えていなかったから、沢山の葉の中からわずかな確率でしか存在しない四つ葉を探すのは、きわめて困難な作業と言えた。

けれど、諦めようと思ったことはなく、逆に宝物を探すようなわくわくする気持ちの方が強かった。

指先でそっと草をかき分けながら、ぼやけた視界の中で葉の数を確認していく。それらしい葉があると根元から引き抜き、指先で枚数を確認していくのだが、三枚より多いものはなかった。

「幸運を運ぶんだもの。そんなに簡単に見つかるわけないわよね……」

そっとため息交じりに呟いて苦笑しながら探し続ける。

どれくらいそうしていただろうか。

不意に木々の奥から何かの気配を感じた。

大聖堂内には当然ながら野生の動物はいない。となれば人だ。

ここをシルヴィアが憩いの場所にしていることは、大聖堂の聖職者なら誰でも知っている。日常的に人の目にさらされているシルヴィアにとって、蒼い森だけが唯一くつろげる場所だということも。だからよほどのことがなければ、彼らはここへは来ない。

だから、聖職者ではないだろう。それに、よくよく考えれば気配は庭の奥から感じるのだ。彼らが奥から来るはずがない。

——どうしよう。

木の幹に背を押し当てるようにしながら、シルヴィアは立ち上がる。

建物まで戻るべきか、それとも大声を出して誰かを呼ぶべきか。

そうやって迷っている間にも、気配は確実に近づいてくる。

「——だ、誰か……」

緊張のせいか、上げた声は思った以上に弱々しく、か細いものだった。

シルヴィアは森の中を走ったことがない。それはもし急に陽が差し込んだとき、目が眩んで転び、怪我をする危険があるからだ。しかし今はそんなことを言っている場合ではないのかもしれない。もしも、近づいてくる気配がシルヴィアに対して悪意を持っている者だとしたら——。

——ここにいるよりは、少しくらい眩しくても……。

息を深く吸い、そろりと動き出そうとした時だった。

「……ったく、どこまで続くんだ？　この森は……」

なんとも緊張感に欠ける声がシルヴィアの耳に届いた。

「え……」

シルヴィアは呆けた声を漏らす。なぜなら、聞こえた声は明らかに少年のものだったからだ。

しかもその声には覚えがあった。礼拝堂に訪れた国賓との挨拶の中で、同じ声を聞いたのだ。

――この声、確かシェヴィリアの……。

そう思った時だった。がさ、と音がして正面の木の陰から一人の少年が姿を現した。

シルヴィアよりも三つか四つほど年上だろうか。この場には不似合いな仕立ての良い衣服に身を包んだ彼は、あたりをきょろきょろと見渡していたが、シルヴィアの視線に気づいたのかこちらを向くと、ぱっと表情を明るくした。

「あ！　もしかしておまえ、ブランシュネージュ？」

「え……」

白いローブにヴェールというシルヴィアの特徴的な装いに、少年はすぐに気づいたのだろう。シルヴィアがあっけにとられて立ち尽くしている間に、少年がこちらへ走ってきた。

目の前に来ると、少年はシルヴィアよりも頭ひとつ分ほど背が高かった。蒼い空間の中でも輝きを失わない金色の髪と、この森の色と同じ深く澄んだ青の眸が少年の秀麗な顔立ちにとても似合っている。日に焼けた顔には快活な笑みが浮かんでいて、まるで夏を纏っているようだとシルヴィアは思った。その彼は、シルヴィアと森とを交互に見ながら感心したように言った。

「広い庭だな。とても人が造ったとは思えないよ。それにこんなに蒼い空間って、おれ初めて見た」

楽しげな表情を浮かべる少年の声は、やはり聞き覚えがあった。

「え、と……オスカー殿下……？」

「うん。そう」

答える少年の笑みが深まる。少なくとも不審者ではないことがわかってほっとする。

――けれど、立ち入り禁止区域に関係者以外の彼がいることは、やはり問題なのではないかとシルヴィアは一人で問答した。

王子であるはずの彼が供もつけずに、しかも建物からではなく、森の奥から――。

「いったいどこから……」

森はシルヴィアの部屋から広がっている。勿論大聖堂の他の場所からも庭へ通じる道はあるが、当然そこには警備の騎士がいて、特別な許可を持つ者以外の立ち入りを禁止している。

だから、いくら王族であっても簡単に入れるはずがないのだ。なのに何故、とシルヴィアは不思議でならない。その問いかけに、オスカーはこともなげに答えた。

「さっき父上たちと来たときに偶然気がついたんだけど、この大聖堂の外壁、植え込みで隠れてるけど一部分だけ崩れているところがあったんだ。――大人は無理だろうけど、おれくらいならぎりぎり通れそうな穴が開いていたから、どこへ通じるのか気になってさ」

「え……」

それはすぐにアデルに言って修理してもらわなくては、と思ったシルヴィアだったが、

「だからさ」とさらに重ねられた少年の言葉に、浮かんだ考えは霧散《むさん》した。

「悪いけど、かくまって」

「え」

まるで挨拶でもするような気安さに、シルヴィアはぽかんとする。

「か、かくまう……って」

「ほら、ここって、おまえがいるってことは『エレオノーラの箱庭』ってことだろ？　だったら、ここにおれがいるのって結構まずいと思うんだけど」

それはそうなのだが、だからといってどうしてオスカーをかくまわないといけないのだろうとシルヴィアは戸惑《とまど》う。

とはいえ、確かに彼が言うように、ここに隣国の王子がいたとなれば大騒ぎになることは間違いない。その上、警備上の問題を指摘されてしまったら、最悪シルヴィア自身もこの奥庭へこれまでのように自由に来られなくなるかもしれない。

わけがわからずに立ち尽くすばかりのシルヴィアだったが、遅まきながら事の重大さに気づくと、「こっち」と言いながら立てかけてあった杖を手にとった。

シルヴィアは大木の方向を確認すると、今しがたオスカーが現れた方向へと進んでいく。

程なくたどり着いたそこは、シルヴィアのお気に入りの大木よりもさらに数分ほど進んだ場所にあった。そこにもひときわ大きな木がある。

その木は、一見、一本の木のように見えるが、実は二本の木が支え合うように寄り添いながら伸びている。

そのせいなのか、片方の木の根元が大きく浮き上がっており、根元の下に広くはないが子ども二人くらいなら入れる程度の小さな空洞ができていた。

その空洞にオスカーを案内すると、シルヴィアは振り返りながら言った。

「ここなら、すぐには見つからないと思うわ」

「へえ、すごいな。隠れ家みたいだ」

感心したような彼の口調に、まるで自分が褒《ほ》められたようで、シルヴィアはなんとなく嬉しくなる。

「ここ、おまえが見つけたのか？　目を閉じているのによく……」

言いながらシルヴィアへ顔を向けたオスカーだったが、なにかに気づいたのか、あっと驚いたように目を瞠った。

「え、おまえ、目が見えて……？」

あたりが暗いこと、そしていつもはシルヴィアが目を閉じているという先入観に加えて、ヴェールを被って杖を持っていることもあり、オスカーはこの時まで彼女が目を開けているのに気づいていなかったようだ。

「大丈夫なのか？　昼間は目を開けられないって聞いたけど……」

未だに驚いた表情を浮かべたままのオスカーに、シルヴィアはかすかに笑んだ。

「平気。蒼い森は昼間でも暗いから」

「蒼い森？」

「この奥庭のことを、わたしはそう呼んでいるの。——ここはいつ来ても深い青だから」

「ああ、なるほどな。確かに、昼なのに夜みたいだ。昼寝したら気持ちよさそうだな」

蒼が占める独特な空間を見渡しながらオスカーは呟く。

大聖堂内部も全体的に暗いが、明かりとりのための窓やランプの照明があることに加え、礼拝堂にはステンドグラスから差し込む光などもあるので、シルヴィアは目を開けることができない。

その点奥庭は、ほとんどと言っていいほど光が差し込まないため、シルヴィアは安心して目を開けていられるのだ。

「つまり、昼よりも夜目が利《き》くってこと？」

「……見えると言っても、元々そんなに視力はよくないけど」

そう言ってシルヴィアが緩くかぶりを振ると、少年は興味を持ったようだった。

「じゃあ、どのくらい近づけばおれの顔がわかるの？」

「顔？」

「うん。あ、そうだ。おれの顔のどこかにほくろがあるけど、わかる？」

「……ほくろの位置を言うの？」

彼の意図がわからないながらも、シルヴィアはオスカーを見つめた。今二人の間には五歩分くらいの距離がある。彼の顔立ちが整っていることはわかるが、ほくろの位置はまったくわからない。

「……わからないわ」

「じゃあ、このくらいなら？」

オスカーは二歩近づく。問いかける彼はとても楽しげだ。

「…………」

わからない、と言うかわりにシルヴィアは小首を傾げる。

「じゃあこれは？」

さらに二歩近づかれる。彼はわたしの視力を知って面白いのかしら、と徐々に近くなる距離に戸惑い始めた頃、シルヴィアの目はようやく目的のものを見つけた。

「あ……左の目尻……？」

「あたり」

小さな子どもを褒めるような満面の笑みに、シルヴィアはつい苦笑してしまった。

「けど、ここまで来てやっとわかるって、かなり目が悪いん……」

オスカーが不意に言葉を切る。目が、シルヴィアを見たまま不自然に止まっていた。そして何を思ったかオスカーはさらに一歩近づくと、ヴェール越しのシルヴィアに顔を寄せてきた。突然の行為に、シルヴィアは驚いて目を丸くする。

「え、……な、なに……？」

オスカーの秀麗な顔が目の前にある。意志の強そうな眉の下、深く澄んだ青の眸が、シルヴィアをじっと見つめていた。

ヴェール越しでなければ彼の吐息さえ触れそうな距離に、シルヴィアは落ち着かなくなってくる。

「あ、あの……」

どうしてそんなに見るの、と言いそうになったとき、オスカーが驚いたような表情を浮かべて言った。

「……おまえ、かわいいな」

「え？」

突然のことにシルヴィアがびっくりして声を上げると、そんな彼女をなおもじっと見ながら、オスカーは続けた。

「礼拝堂で会ったときは、顔を伏せていたからよく見えなかったんだけど……すごいな、まつげまで白いし……まるで天使みたいだ」

今度は感心したように言われて、シルヴィアは狼狽える。

「え、と……」

こういう場合、どう返せばいいのだろうとシルヴィアは困惑する。

オスカーはそんなシルヴィアのひとつひとつの動きを見逃すまいとするかのように、熱っぽい眼差しで見つめている。

急に胸がどきどきして落ち着かなくなる。礼拝堂で信者たちに見つめられても、こんな気持ちになったことはないのに、どうしてオスカーだと違うのだろう。

「ちょっとヴェール外してもいい?」

「あ……昼間は外せないの。夜は平気だけど……」

「ここも夜みたいだけど駄目なのか?」

少し不満げな彼の声に、どうしてだろうと思いながらシルヴィアは頷く。

「何があるかわからないから、絶対に駄目だって……」

万一外したことをアデルが知れば、彼女がどれほど心配するかわかっている。けれど、それでこの少年の気分を害してしまっただろうかと、シルヴィアは少し不安にもなる。

「そっか、じゃあ仕方ないな」

残念そうにしながらも、オスカーはあっさりと引き下がった。

そのあっけなさに拍子《ひょうし》抜けすると同時に、さっき彼が言った「かわいい」という言葉は、自分が思っていたほど意味のあるものではなかったのかも、とシルヴィアは残念に思った。

そしてふと、そう思っている自分に気づいて戸惑う。

——どうしてわたし、がっかりしてるの……？

もう考えるのはよそう、とシルヴィアは頭の中を占めるもやもやした考えを振り切ろうと彼に問いかけた。

「どうしてここに？」

「え？」

シルヴィアの突然の質問に、今度はオスカーがきょとんとする。

だが、シルヴィアの言いたいことに気づいたのか、ああ、と苦笑した。

その目からは先ほどまでの熱っぽさは消えていて、理由はわからないけれど、シルヴィアはほっとする。

「礼拝堂でおまえに会った後、王宮に行ったんだけどさ。やれ儀式だ祝いだと続いていい加減飽きたから、歓迎パーティーが始まったのを幸いと、気分が悪いから部屋で休むと言って抜け出してきたんだ。——で、ここに来るときに見た外壁の穴がどうなっているのか気になって。でもまさか、こんなところへ出るとは思わなかったから驚いたよ」

「……じゃあ」

シルヴィアは唖然とする。オスカーが言っていた意味をようやく正しく理解したのだ。

——つまり、彼は誰にも言わずにここに来ている。しかも、誰も知らない通路を通って立ち入りを固く禁じられている場所に来ている。

「だ、駄目じゃない。もしあなたがいないことがわかったら……」

「大騒ぎになるよな」

言って、オスカーは何故か愉快そうに喉の奥で笑う。

「大丈夫。少し寝るから呼ぶまでは誰も来るなって言ってあるし、騒ぎになる前には帰るから」

言いながらオスカーはその場に座る。彼の雰囲気からして、まだ帰るつもりがないことが伝わってきて、シルヴィアも仕方なく腰を下ろしたものの、胸の内ではまだ悩んでいた。

――本当にこれでいいのかしら。もしも皆が殿下を捜していたとしたら……。だけど今更アデルを呼んだりできないし……。

「シルヴィアは、ここで昼寝したりするのか？」

「――えっ」

考え込んでいたときに不意に名前を呼ばれて、シルヴィアは素っ頓狂《すっとんきょう》な声を上げてしまった。

その反応に、オスカーが怪訝そうに小首を傾げる。

「おれ、何か変なこと言った？」

「あ、ううん、そうじゃなくて……、わたし、あまり名前で呼ばれることがないから……」

大聖堂で暮らすようになる以前から、シルヴィアは生まれたときに授けられた名前で呼ばれたことがほとんどない。父や兄は名前で呼ぶが、他の人々からは大抵において、ブランシュネージュや姫と呼ばれていた。

だから、家族以外からこんなふうに突然、しかもごく自然に名を呼ばれたことに、シルヴィアは驚いていた。

「名前で呼ばれない？」

今度はオスカーが意外そうな声を上げた。

「……ああ、そうか。シルヴィア王女個人として見られることって、確かにあまりないだろうな」

彼はシルヴィアが言わんとしていることをすぐに察すると、「じゃあシルヴィアはさ……」と訊ねてきた。

「おれの名前、知ってる？」

「……オスカー殿下？」

「オスカーでいいよ。おれもシルヴィアって呼ぶから」

「？」

彼が何を言いたいのかわからない。

きょとん、としたままシルヴィアが小首を傾げると、ふっと少年が笑った。

「友達になろう、シルヴィア」

「……えっ、ど、どうして……」

突然の提案に、名前を呼ばれたときに似た驚きがシルヴィアを戸惑わせる。

「だって、友達なら名前で呼び合うのが当然だろ？」

「……とも、だち……？」

生まれて初めて聞いた言葉のように、シルヴィアはぎこちなく繰り返す。その反応で、少年はぴんと来たようだった。

「あ、もしかして、シルヴィアって友達いないのか？」

「…………」

シルヴィアはしばしの逡巡の後、こっくりと頷いた。

もしもこの場にアデルがいたら、『なんて失礼な！』と憤慨《ふんがい》していただろうが、幸いなことに彼女はいない。

勿論、友達という言葉は知っている。しかし、幼い頃から四六時中大人に囲まれてきた上に、周りに同じ年頃の子どもがいないとなれば、シルヴィアに友達などできるはずがなかったのである。シルヴィアにとっては、大人しかいない今の環境が当たり前だったのだ。

そんなことをたどたどしく説明するうちに、初めは神妙《しんみょう》な面持ちで聞いていたオスカーの顔に、次第に納得したような笑みが浮かんでいった。

「それなら、おれがシルヴィアの最初の友達になるんだな！」

思いもしなかった彼の言葉に、シルヴィアは目を瞬かせた。

「わたしの、友達……？」

「そう、友達」

そう言って頷く笑顔が、何故かシルヴィアには得意そうに見えた。

「でも……友達って、なにするの？」

「……は？　何って、おまえ……」

あっけにとられたオスカーが何か言いかけて止める。不思議そうに問うシルヴィアの表情で、冗談で言っているのではないと気づいたのだろう。

「……本当に知らないんだな」

心底意外そうな表情を浮かべて呟いたオスカーだったが、ややあってその顔には元の笑みが浮かんだ。

「うん、まあ……友達って言っても、色々あるから、深く考えなくていいよ」

「色々？」

「たとえば、一緒に遊んだりとか、しゃべったりとか……何もしなくても一緒にいるだけっていうのもあるし」

「それも友達なの？」

きょとん、と小首を傾げるシルヴィアに、オスカーが頷く。

「うん。一緒にいて居心地のいい相手だったりすると、何も言わなくても傍にいるだけで落ち着けるっていうか……」

言いながら、オスカーの眉根が徐々に寄っていく。

「まあおれ自身、そういう相手はあまりいないから、よくわからないけどさ」

つまり、そんな感じだよ、となんとなく強引に締めくくられて、シルヴィアは目をぱちぱちさせた。

「で、最初に戻るんだけど」

と、オスカーは仕切り直しのように肩をすくめた。

「シルヴィアはおれと友達になりたい？」

笑顔で問いかけられて、シルヴィアはどうしようと迷う。

断った方がいいと頭ではわかっている。きっと、アデルや大司教に知られたら、彼が困ったことになる。だから、迷う必要などないはずなのだ。

「……わたし、やっぱり……」

「とりあえず試してみないか？」

「え？」

シルヴィアが言い終える前に、すかさずオスカーが提案してきた。

「いきなりでシルヴィアも戸惑ってるだろうし。だから明日一緒に過ごしてみてさ、おれと一緒にいて楽しかったら、友達になろう。それならいいだろ？」

畳みかけるように一気に言いながらぐっと身を寄せられると、気圧されたシルヴィアはつい頷いてしまう。

「あ、……う、ん……」

するとオスカーの表情に目に見えて安堵の色が滲んだ。

「良かった。じゃあ、決まりだな」

「……あの、本当にわたしでいいの？」

「勿論。じゃなきゃ、友達になろうなんて言わない」

当然だろ？　とでも言わんばかりに返されて、そんなものなのかしらとシルヴィアは思う。

「だけど、殿下……」

「オスカー」

「え？」

「友達は、互いを名前で呼ぶんだ」

「……あ……」

確かまだ正式には友達になっていないはずではと思うシルヴィアだったが、ちらりと彼を見れば、名を呼んでくれるのを心待ちにしている顔がある。

「……お、オスカー……」

消え入りそうな声でそっと呟くと、オスカーが破顔《はがん》した。

「うん」

その嬉しそうな笑顔に、シルヴィアはじわりと頬が熱くなるのを感じて、思わずうつむいた。

その時だった。

「——姫様ー……」

少し離れたところから、アデルの呼ぶ声が聞こえて、シルヴィアははっとした。

どうしたのだろう。まだ迎えに来るには早すぎる時間だ。だが、その理由はすぐにわかった。

「姫様ー、雨が降りそうですからお戻りください。姫様ー……」

聞こえる声はまだ落ち着いているが、いつまでもシルヴィアが姿を見せなければ、アデルはきっと慌てるだろう。早く、戻らなければ——。

「わたし、戻らないと……」

「みたいだな。シルヴィアは帰りは一人で大丈夫なのか？」

「わたしは慣れているから平気……それより、殿……オスカーは？」

「おれも大丈夫。ちゃんと目印つけながら来たから。——じゃあ、また明日来るよ」

当然のように話すオスカーに、シルヴィアの方が驚いてしまう。

「え？　明日……って、本当に？」

「勿論。ディノワールには十日ほど滞在する予定なんだけど、ほとんど宮廷行事とかパーティーばかりだから、おれはすることないし」

「でも……ここに来るのって、内緒なんでしょう？　もし……」

「大丈夫だよ、シルヴィアは心配しなくて。じゃあ、また明日」

「えっ、あ……」

シルヴィアが何か言うよりも先にオスカーはすっくと立ち上がると、黄金色の髪をなびかせて颯爽《さっそう》と駆けていった。

「……あ……」

来訪も突然だったが帰るのも同じくらい突然で、あっけにとられたシルヴィアは、数分後アデルが見つけに来るまで、呆然とその場に座りこんでいたのだった——。


翌日。いつものようにシルヴィアがクローバーの花畑の中で四つ葉を探していると、前方から人の気配を感じた。こちらへ向かってくる人影。すらりとした体躯を仕立ての良い衣服に包み、軽快な足取りで歩いてくる。蒼い森の中でも彼の金髪はよく目立った。

「オスカー」

「何？　そんな幽霊でも見たような顔して」

「だって……」

実際シルヴィアは驚いていた。

昨日のやりとりがあったとはいえ、まさか本当に彼が来るとは思っていなかったのだ。

「ここには何もないし……暗いし……」

シルヴィアにとってここは至極居心地がいい。しかし彼女以外の者にとっては、この薄暗い森は決して快適な場所とは言えないだろう。そのことを、シルヴィアは理解していた。

だが、シルヴィアの懸念をオスカーはにこやかな笑顔で打ち消した。

「何もないって、シルヴィアがいるだろう？」

「え……？」

目をまん丸にしているシルヴィアを、オスカーは面白そうに見ている。

そして、視線がシルヴィアの手元に止まると、彼はおもむろに腰を下ろして問いかけた。

「何を熱心に探してるんだ？」

「え？」

「何か探してるんだろ？」

シルヴィアの手元を目で示しながらオスカーが問いかけてくる。シルヴィアはああ、と気づいて頷いた。

「四つ葉のクローバーを探してるの」

「四つ葉？　願いごとでもあるのか？」

「ううん、そうじゃないけど、わたし本物を見たことがないから。だから、自分で見つけたいって思って」

「へえ」

曖昧《あいまい》な返事をして、オスカーも視線を落とす。二人の座っているあたりには、数え切れないほどのクローバーの花が咲き誇っていた。

「……なにしてるの？」

草をかき分けるような仕草をし始めたオスカーに、シルヴィアは不思議そうに問いかける。

「何って、四つ葉のクローバーを探すんだろ？」

「……え？　オスカーも一緒に探してくれるの？」

心底意外そうに訊ねると、オスカーが頷いた。

「一人で探すより、二人の方が早いだろ？」

そしてシルヴィアがそれ以上何かを言う前に、再び地面に視線を戻した。

その様子を、シルヴィアはしばし困惑を帯びた眼差しで見つめていたが、やがてそっとため息をひとつ落とすと、オスカー同様に手元に注意を戻した。

これまでシルヴィアは、午後の時間を誰かと過ごすことがほとんどなかった。

だから、初めのうちは傍にいるオスカーの存在が気になってしまい、彼が動く気配を感じるたびにちらちらとそちらを窺《うかが》ってしまっていたのだが、時間が経つにつれ、そうしたことも減っていった。

そうして一時間ほど過ごした後、オスカーは立ち上がった。

「そろそろ帰るよ」

その声で、シルヴィアはここに一人でいたのではなかったことを思い出した。

「また、明日も来るから、一緒に探そう」

「……無理しなくていいのよ」

「どうして？」

心底不思議そうに訊いてくるオスカーに、シルヴィアは困ったように眸を揺らした。

「……だって、こんなことしても、楽しくないでしょう？」

「シルヴィアは楽しくないのか？」

「え？」

「クローバー探し。シルヴィアは楽しくないのか？」

重ねて問われて、シルヴィアは小さく頭を振る。

「わたしは、四つ葉のクローバーが欲しいから……だけど、オスカーは……」

「だったら、おれも同じだよ」

シルヴィアの迷いを振り払うように、彼は言った。

「おれはシルヴィアがクローバーを見つけて欲しいと思ってる。だから、手伝いたい」

それじゃ駄目か？　と言われて、シルヴィアは本気で困ってしまった。

何故か、胸がとくりと高鳴ったからだ。

「オスカー……」

「本当なら、もっと探したいけど、おれもこっそり抜け出してきてるから、そんなに長い時間はいられないんだ。……ごめんな」

苦笑混じりにオスカーは言うと、「じゃあ、また明日」とだけ言い置いて立ち去っていった。

彼の鮮やかな金色の髪が見えなくなってしまうまで、シルヴィアはその場に座り込んでいたが、やがてぽつりと呟いた。

「……どうして……？」

どこか途方に暮れたようなその呟きに答える声はなく、ただ蒼い森の木々だけがひっそりと息をひそめて佇んでいた――。

そして翌日もオスカーはふらりと現れ、戸惑うシルヴィアをよそにクローバー探しを手伝った。

彼がいる時間は一、二時間程度のものだったが、そのわずかな時間を彼はシルヴィアに付き合って四つ葉探しに費やした。

そして、彼が訪れるようになって四日目。その日、彼の手には白い手袋が嵌《は》められていた。そんなことをしたら手袋が汚れるとシルヴィアは言ったが、オスカーは「構わない」と笑うばかりで外そうとはしなかった。

そのまま四つ葉探しを始めるオスカーを、シルヴィアは物言いたげな眼差しでしばし見つめていたが、やがて小さくため息を漏らすと、彼と同じように四つ葉を探し始めた。

だからそのとき、オスカーが口の端でほのかに笑みを浮かべたことに、シルヴィアは気づかなかった。

「シルヴィア」

不意に間近から声をかけられて、シルヴィアははっと顔を上げた。

見れば、肩が触れそうなほど近くにオスカーがいる。彼の容貌《ようぼう》がはっきりと認識できるほどの近い距離と、ふわりと漂ってきた彼の香りに、シルヴィアはどきりとした。

そんなシルヴィアの動揺に気づかないのか、オスカーは身を寄せたまま指先で一点を指し示した。

「……ほら、これ」

「……え？」

「これ、そうじゃないか？」

言いながら、オスカーの左手がシルヴィアにわかりやすいように周囲のクローバーをかき分ける。

「あ……」

不自由な視界の中で、それは鮮やかなコントラストを描いていた。

数本のクローバーが、オスカーの手袋によって作り出された白いキャンバスの上で小さく揺れている。

その中の一本に、シルヴィアの目が吸い寄せられた。

すらりと伸びた茎から広がる葉の数は、シルヴィアの目でもはっきりと確認することができた。

瞬間、シルヴィアは顔を上げた。

「オスカー」

驚きをあらわにするシルヴィアに、彼は目元に笑みを浮かべて応えた。

シルヴィアは、彼が白い手袋を嵌めていた理由にようやく気づいた。彼は、視力の弱いシルヴィアでもわかりやすいように、あえて手袋を嵌めていたのだ。そして、見つけた四つ葉の根元に自分の手を添えることで、シルヴィアに色と形を識別しやすいようにしてくれたのだ。

何のために？　そんなこと、今更訊くまでもない。

「――わたしが、自分で四つ葉のクローバーを見つけることができるように……？」

オスカーをじっと見つめたまま、囁くように問いかけると、彼は少しだけ照れくさそうに眉尻を下げた。

「こういうのは、自分で見つけた方が達成感があるものだろう？　今回は少しだけ手伝ったけど、これまでシルヴィアは一人で頑張ってたんだから、これくらいはいいだろ？」

わずか数本の中からとはいえ、それでも自分で見つけたことには変わりない。彼はそう言っているのだ。

「……ありがとう」

彼の優しさに、胸がほんのりと温かくなると共に、その温もりはシルヴィアの頬を淡く色づかせた。

改めて彼の手元へと顔を向け、そろりと手を伸ばす。

数本の中から目的の一本をつまみ、小さな音と共に引き抜くと、それはあっけないほど簡単にシルヴィアの手の中に収まった。

生まれて初めて見る四つ葉を、シルヴィアは壊れ物に触れるように手のひらにそっとのせると、しばし感慨深げに見つめる。

「本当に四枚ある……こんなに小さいのね。かわいい」

呟きながら、自然と顔がほころんでいく。

「ありがとう、オスカー。わたし一人だったら、きっと見つけられなかったわ」

そう言って見上げると、オスカーがくすりと笑んだ。

「やっと笑ってくれた」

「え?」

「シルヴィアの笑った顔、初めて見たよ」

「……え?　そう……?」

困惑気味に問い返すと、オスカーはうん、と頷いた。

「いつも困ったような顔してたからさ。『何なんだろう、この人』って感じで」

彼の言葉は的《まと》を射ていて、シルヴィアをどきりとさせた。

「え、そ、そんなこと……」

「ない？」

「…………」

いたずらっぽい笑顔で見つめられて、シルヴィアは返答に詰まった。頬が熱い。

「……ごめんなさい」

気まずさでうつむき加減に謝ると、オスカーがくすくすと笑った。

「いいさ。あけすけに媚《こ》びたり、変にすり寄ってくる女よりずっといい」

「？」

どういうこと？　とシルヴィアが口を開くよりも先に、オスカーが「なあ」と言った。

「これで、おれのこと友達にしてくれる？」

「え？」

「ほら、最初に言ったろ？　一日過ごして楽しかったら、おれと友達になるって」

と、そこでオスカーは苦笑する。

「日にちはちょっと延長したけど」

「あ……」

忘れていた、とシルヴィアはかすかに目を瞠るが、その表情はすぐにやわらかな笑顔へと変わった。

「うん。わたしも、オスカーと友達になりたい」

「……本当に？」

「うん」

こっくりとシルヴィアが頷いて応えると、少年は嬉しそうに笑った。

「良かった。――なあ、シルヴィア」

オスカーがまっすぐに見つめてくる。

「おれ、もっとシルヴィアのこと知りたいんだ」

「ええ、わたしもよ」

もっとオスカーのことを知って、仲良くなりたいとシルヴィアは笑顔で応える。その笑顔を見て、オスカーは「だからさ」と、ことさらに何気ない口調で続けた。

「いつか、シルヴィアの全部、おれがもらってもいい？」

「え？　……全部……？」

彼の言いたいことが今ひとつ理解できずに、その言葉をオウム返しに呟く。

「そう。もっと一緒にいる時間が増えれば、それだけシルヴィアを知ることができるだろ？」

「うん」

「それに、シルヴィアって知らないことがまだまだ沢山あるみたいだし、全部おれが教えてあげたいって思ってさ。――そういうのって迷惑か？」

意外だとシルヴィアは思った。

見つめてくるまなざしは、いつも自信に満ちた彼からは想像もつかないくらい不安げだったから。けれどそれと共に、彼がそんなにも自分のことを思ってくれているのだと伝わってきて、その気遣いが嬉しかった。

「……うん。わたしも、もっと色んなこと、オスカーに教えて欲しい」

「本当か？　――良かった」

不安げな表情から一転して浮かんだ少年の笑顔には、今までとは少し違うものが混ざっているような気がした。けれどすぐに消えてしまったこともあり、この時のシルヴィアにはその意味はわからなかった。

「忘れるなよ？　後で嫌だって言っても聞かないからな」

「ええ。忘れないわ」

どこかくすぐったいような気持ちでシルヴィアは答える。その恥ずかしそうな笑顔を、オスカーの深い青の眸がじっと見つめていた。


それからもオスカーは毎日シルヴィアのもとを訪れ、シルヴィアもそんな彼の来訪を心待ちにするようになっていた。

同年代の子どもと話す機会があまりなかったシルヴィアに、オスカーという存在はこれまで知らなかった世界を教えてくれた。

特別な何かをするというわけではない。ただ一緒に森を散歩したり、日常の出来事を話したり、オスカーが持ってきた珍しい菓子を一緒に食べたり。

ひとつひとつのことが新鮮だった。誰もが当たり前に経験していることを、特殊な環境で育ったが故に、これまでシルヴィアは知らなかった。だから、そうしたことをオスカーに教えてもらえて、シルヴィアはとても楽しかった。

オスカーも、何も知らないシルヴィアに呆れたりからかったりすることもせず、彼女が知らないことを訊ねれば、面倒くさがることもなく逆に楽しそうに付き合ってくれた。

中でもシルヴィアが興味を引かれたのが、オスカーの纏う匂いだった。

「どうしていつもオスカーからは日向《ひなた》の匂いがするの？」

「日向？」

彼は不思議そうな顔をしたが、やがて思い当たることがあったのか苦笑した。

「……ああ、おれ、外で過ごすことが多いからかな。部屋で勉強するより、体を動かす剣術とか馬術の方が好きだからさ。稽古《けいこ》中、上着はいつもその辺に放《ほう》ってるから、多分それでじゃないか？」

「へえ……」

それで彼の肌は日に焼けているのか、とシルヴィアは納得する。

日差しを浴びることのできないシルヴィアには、自由に太陽のもとに出られる彼が純粋にうらやましかった。

シルヴィアにとって、オスカーは太陽そのものだった。明るくて快活で、温かくて思いやりがあって。だから、そんな彼のことを好きだと思うようになるまでに、さして時間はかからなかった。

そのうち、昼間の短い時間だけでは物足りないからと、オスカーは夜になって侍女が下がった後を見計らってシルヴィアのもとを訪れるようになった。そんなとき、いつもシルヴィアはランプの明かりを灯してオスカーを迎えた。

大人たちの目をかいくぐり、秘密の逢瀬《おうせ》を続ける二人だったが、そんなある夜、大聖堂内への侵入者にシルヴィアが襲われた。そこを偶然居合わせたオスカーが助けたのであるが、この事件によって二人の関係は周囲に知れ渡ることとなった。そしてその時の功績を認められたことにより、以後二人はひと目を避けずに会うことができるようになったのである。

楽しい日々は瞬く間に過ぎ、迎えた帰国の日。

夜明け前、まだ夜の気配が残る時間に、彼はひと目を忍んで訪れた。

寂《さび》しさを感じながらも、精一杯の笑顔を浮かべるシルヴィアに、オスカーは一歩近づいた。

「……泣いていたのか」

ヴェールをしているから気づかれないと思っていたのに、あっさりと気づかれてしまい、シルヴィアは頬をゆがめた。

夜遅くまで泣いていた。彼がいなくなることが寂しくて。だけど、朝になったら笑顔で見送ろう。そう決めていたのに――。

泣きはらした目元に再び込み上げる涙を、シルヴィアは瞬きで誤魔化すと、「違うのよ」と作り笑顔を見せた。

「ごみが入っちゃって」

「……シルヴィア」

それ以上オスカーは何も言わず、二人で並んで腰を下ろす。

何を話すでもなく、しばらくそうしていたが、やがてオスカーが独り言のように囁いた。

「また、会いに来るよ」

「……うん……」

シルヴィアはこくりと小さく頷く。けれど、頷くまでに間があったことで、彼女の迷いにオスカーは気づいたようだった。

「もう、これきりだと思ってる？」

「……っ」

きっと、もう彼は来ない。これはひと夏だけの思い出なのだから。オスカーは国に帰ってしまえば、シルヴィアのことなど、すぐに忘れてしまうだろう。

それで昨夜は泣いたのだ。彼という存在が、自分の中でこれほど大きくなっていたことに、戸惑いを覚えるほどに。

「シルヴィアは、もうおれに会いたくないって思ってるの？」

だから突然そんなことを言われて、シルヴィアはとっさに顔を上げた。

「そんなこと」

「じゃあ、何？」

胸の内に押し込めている感情を吐き出せと暗に促されて、シルヴィアは一度は落ち着いたはずの涙腺《るいせん》が、再び緩んでいくのを感じた。

「また、会いたい……だけど……」

「シルヴィアはおれが信じられない？」

「…………」

信じたい。けれどオスカーは世継ぎの王子だ。国に帰れば、忙しい日々の中、ここでの出来事などすぐに忘れてしまうだろう。蒼い森で過ごした、退屈な日々のことなど――。

言葉にしてしまえば本当にそうなってしまいそうで、シルヴィアは何も言えないまま唇を噛んだ。その退屈な日々こそが、シルヴィアにとっては何よりも大切だったから。

うつむくシルヴィアの耳に、オスカーがふっと笑う気配が伝わった。

「好きな人を忘れるわけがないだろう？」

「……え？」

のろのろと顔を上げたシルヴィアの唇に、ふわりと何かが触れた。

ヴェール越しに見えるのは、オスカーの端正な顔。左目尻にあるほくろがはっきりと見えるほど近い距離に、シルヴィアは彼にキスされたのだと気づいた。

あまりにも突然の行為に、何も考えることができず、シルヴィアは呆然とオスカーを見つめる。

そんな彼女を、オスカーもじっと見つめていた。――思いがけないほど強い意志を秘めた眼差しで。

「シルヴィアが好きだ」

「……っ」

「だから、たとえシルヴィアが忘れても、おれが忘れない――忘れさせない」

「……オスカー……」

瞬きした拍子に、溜まっていた涙がひとしずく頬を伝った。その涙を、ヴェールの下に滑り込んだ彼の手が優しく拭う。

「今のは、その約束の印」

そう言った彼は、いつもの穏やかな笑みを浮かべていた。

「……これで、忘れられなくなっただろ?」

「……う、ん……」

恥ずかしさにうつむきながら小さく頷いて答えると、オスカーが「良かった」と笑った。

「また、会いに来るから。だから……」

耳元に寄せた唇にそっと囁かれた言葉に、シルヴィアははにかんで目を伏せた。

──もう一度、約束しよう。

「……うん」

答えたシルヴィアの声は消え入りそうなほど小さかったけれど、オスカーの耳が聞き逃すことはなかった。

やがてどちらからともなく身を寄せる。夜明け間近の空が、徐々にその色合いを濃い紫から淡い彩りへと変えていく中、立ちこめる朝露の中に溶けるように、二つの影が重なり合っていった──。


あの頃のシルヴィアは子どもだった。

だから、ブランシュネージュとしてしか生きることのできない自分が誰かを好きになるということが、どれほどの苦しみを伴うのかを知らずにいられたのだ。

やがて月日が流れ、オスカーへの想いが胸いっぱいに膨《ふく》れあがったとき、シルヴィアは彼と出会ったことを初めて後悔した。

どんなに恋い焦《こ》がれても、決して彼と結ばれることはない。

それを理解したとき、シルヴィアは一人泣いた。

以来、シルヴィアはオスカーを見ることができなくなったのである──。

第三章　叶わない約束

「この後、時間はおありか？」

幼い記憶に思いを馳せていたシルヴィアは、耳に心地よく響く声に、はっと我に返った。

「え？」

「せっかく二年ぶりに会えたのだし、あなたさえ良ければ、二人で話がしたいのだが……」

視界を閉ざしていても、オスカーがじっと見つめているのを感じる。ヴェール越しのシルヴィアのわずかな表情の変化も見逃さない、とでもいうように。

「久しぶりにあなたの自慢の森へも行きたいし、歓迎してはもらえないだろうか」

とっさに返答ができずに、シルヴィアは口ごもった。

——いつ頃からか、シルヴィアはオスカーと森へ入らなくなった。正確には、オスカーと二人きりで会うことを避けるようになった。

これ以上、オスカーを好きにならないように。

そう思い、彼を視界に映すことをやめたのだ。見えなければ、会わなければ、この想いもきっと薄れていくだろう――そう信じて。

「……申し訳ありません、この後は父王のもとへ参りますので……」

「それなら丁度いい。私の馬車でご一緒しよう」

え、とシルヴィアは危うく声を出しそうになった。断る口実で言ったことが、かえって自分を追い込む結果になってしまうとは。

「ですが、それでは……帰りのこともありますし……」

「それなら心配ない。帰りも私が送って差し上げよう。――それでどうだ?」

最後の確認は、シルヴィアではなく傍らに控えるアデルへ向けたものだった。

「陛下がご一緒ならこの上なく安心です」

アデルは八年前の、オスカーが大聖堂の聖域内に出入り自由になった経緯を知っている。以来、アデルはオスカーのことを無条件に信頼していた。彼女の中で、オスカーは大切な主人を守った騎士《ナイト》そのものだったからだ。

アデルはシルヴィアにとって最も近くに仕える侍女であり、その分信頼も厚い。その彼女が即座に頷いたことで、シルヴィアにはもう断る口実はなくなってしまった。

「侍女殿のお許しも出たし、行こうか。ブランシュネージュ」

「……ありがとうございます」

繋がれたままの手をやんわりと引かれ、シルヴィアは込み上げるため息をかろうじて呑み込んだ。

大聖堂の正面へ進むにつれ、明るさが増してくる。

しかし幸い、今日の空は曇っている。

「お目は辛くないか？」

「……ええ、平気です」

傍らで羞明を気遣われ、シルヴィアは小さく頷いて返す。

先ほどから胸の高鳴りが治まらない。繋いだ手から伝わってしまうのではないかと心配になってしまう。

二年離れている間に、この気持ちに少しでも整理がつけばと思っていた。

けれど二年ぶりに会ってみれば、以前と変わらないどころか、さらに想いを募らせている自分の心に呆れるしかない。

今もこうして手を繋いで一緒に歩いているだけで、こんなにも胸が高鳴っている。ずっと離れたくないと願っている自分がいる。

このままではいけないとわかっているのに。

報われることのない想いをいつまでも抱き続けている自分に、シルヴィアは自嘲する。

そんな事を考えながら進むうち、床を踏む感覚が変わり、大理石造りの大聖堂から外に出たのだと知る。

遮光の大きな傘を差しかけられながら馬車が停まっている馬車溜まりへと向かい、オスカーのエスコートで車内へ乗り込む。

「いってらっしゃいませ」

見送りのアデルの言葉尻に扉が閉じられる。

シルヴィアが腰を落ち着けて程なく、馬車は静かに走り始めた。

やはり王族が乗るからだろうか。シルヴィアがいつも使用している大聖堂の所有する馬車よりもずっと座り心地がいい。

「あれから元気にしていたか？」

先ほどまでとは違う砕けた口調に、シルヴィアの一旦は治まりかけた鼓動が再び速くなり始める。

それでなくとも並んで腰掛けているこの状況では、嫌でも彼の存在を強く感じてしまい、シルヴィアは落ち着かない。

彼に動揺を気づかれないように平静を装いながら、シルヴィアはこくりと頷いた。

「ええ。……オスカーは……？」

「俺は元気だけが取り柄だからな」

笑みを含んだ応《いら》えがあって、シルヴィアも淡く微笑んだ。

「ああいうの、よくあるのか？」

「……ああいうの……？」

「エヴァルトの熊《くま》に迫られていただろう」

「………………」

シルヴィアはびっくりして固まった。

誰のことを言っているのかはすぐにわかった。──エヴァルトの国王をその呼称で言い表すことは、珍しいことではなかったからだ。

エヴァルト国王フリードリヒは、その異名のとおり大柄な体軀をしている。それに加えて、常に獲物を狙っているような鋭い眼光や、あごに蓄えた髭《ひげ》が野性味を与えており、その外見からついたものらしい。もっとも、当の本人は自分がそのような異名で呼ばれていることは知らないが。

だが、シルヴィアが驚いたのは、オスカーがその異名を知っていたからではない。その名を口にしたときの彼の声音が、あからさまに不機嫌な響きを帯びていたからだ。

「ずっと、お断りしているのだけど……」

「当たり前だ。あんなやつのところへ行ってみろ。お前なんか頭から喰われてしまうぞ」

「頭からって」

オウム返しに言って、シルヴィアは小さく噴き出した。

「頭から食べられちゃうの？」

「そうだ。バリバリ食べられるぞ。それはもう美味そうに」

怖がらせるかのように声が低くなるが、それがかえってシルヴィアの笑いを誘った。

「――やっと笑ったな」

「え?」

シルヴィアがひとしきり笑った後、オスカーがどこか安心したように言った。

「……わたし?」

「気づいてなかったのか? 四年前の豊穣祭以来、お前あまり俺と話さなくなったし、話してもどこかよそよそしい感じで気になっていたんだ」

「……四年」

呟いてみてシルヴィア自身驚く。そんなにも長い間、彼を避けていたのか。

八年前に彼と出会った時、シルヴィアはまだ十歳の少女だった。

あの頃はオスカーと一緒にいることが楽しくて、いつも彼の来訪を心待ちにしていた。

しかし成長するにつれ、シルヴィアはこの想いを抱き続けることが、どれほど不毛であるかを思い知らされ、彼に恋をしたことを後悔すらした。

そして四年前の豊穣祭のとき、オスカーに結婚の話が持ち上がっていると知り、その想いはさらに強まった。彼の隣にシルヴィアが並び立つ日は、永遠に来ないのだと。信者とブランシュネージュとして向き合うことしか、許されないのだと――。

これ以上、彼と親しくするのは自分が辛いだけ。そう悟ったシルヴィアは、それ以来少しずつオスカーと距離をとるようになっていったのだ。

――もう四年も、満足に彼と向き合っていなかったなんて……。

しかもこの二年は彼の国の事情もあり、顔さえ合わせていない。

会えないことは寂しくもあった。けれど離れていれば、気持ちの整理がつくかもしれないという淡い期待もあった。だが、それが失敗に終わったことは明らかだった。

「シルヴィア。俺、何かお前に嫌なことでも言ったか？」

「……えっ」

不意にオスカーから問いかけられて、シルヴィアは彼が何を言っているのか理解するまでに数秒を要した。

「……嫌なことなんて、あなたがそんなこと言うわけが……」

否定の言葉を言い終えるより先に、再びオスカーが言った。

「本当のことを言ってくれて構わない。俺が無自覚にでも、お前を傷つけるようなことをしていたなら謝りたいんだ」

「オスカー……」

胸が苦しかった。叶わない想いを断ち切らんがために、シルヴィアが一方的に彼を避けているというのに、それをオスカーは自分に原因があると思っている。

――そんなわけがないのに。オスカーはいつだって、わたしのことを大切にしてくれていたのに。

「オスカーは何もしてないわ」

「じゃあ、どうして。昔は森にだって一緒に行っていたじゃないか。それが、急に二人では会わなくなったし、『約束』さえ拒むようになった」

「……っ」

八年前の別れの朝、オスカーに好きだと言われて口づけられて、シルヴィアは有頂天《うちょうてん》だった。

それからも年に数回ほどオスカーは訪れ、そのたび彼はシルヴィアに『また会うための約束』と称してキスをした。そしていつ頃からか、将来を約束するようにもなっていた。

『ずっと、一緒にいよう』

その言葉を信じていられた間はよかった。

けれど彼の言う「ずっと」が永遠に叶わないのだと気づいたとき、シルヴィアは諦めという現実を受け入れた。四年前以来、彼の周囲では頻繁に結婚話が持ち上がっていると聞く。今はまだ彼に結婚するつもりがないらしく、話はうわさの段階で消えているが、彼の立場や年齢を考えれば正式に婚約が発表されるのは時間の問題だった。

――もう、こんなことはやめないといけない。

そう決めたシルヴィアは、以来オスカーと二人だけで会わないようにした。

そうでなければ、辛いのは自分なのだから、とシルヴィアは厳しく自分を戒めてきたのだ。

――なのに。

「もう、俺とは会いたくない、っていうことか？　さっきも俺と二人になるのを避けていたようだったし」

　やはり気づかれていたのだと、シルヴィアは気まずさに唇を噛む。

「……そういうわけじゃ……」

「だったらどうして、あんなよそよそしい態度をとるんだ」

　決して彼は声を荒らげているわけでも、シルヴィアを責めているわけでもない。ただ事実を知りたいのだと切実に訴えているのが伝わってきて、なのにその願いに応えるすべを持たないシルヴィアは、迷ったあげくうつむいてしまう。

　結局、それ以降二人の間に会話はなく、沈黙の支配する車内で、シルヴィアは居心地の悪い思いをすることになった。

　隣に座っている彼が、何を思っているのか知るのが怖い。

　顔を上げることもできず、ましてや自分から話しかけることなど、シルヴィアがこの状況でできるはずもなかった。

　だから、そんなシルヴィアの横顔を、彼が何かを秘めた眼差しでじっと見つめていたことに気づくこともなかったのである。

　それから程なくして馬車は王宮へと到着した。オスカーのエスコートで馬車から降りたシルヴィアは、案内の女官の差し出す手に自分の手をのせながら彼を振り返った。

「……先に、お会いになりますか？」

「いや、ブランシュネージュが先にお会いになるといい。私はアンドリュー殿下に用があるので」

素っ気なく返されて、シルヴィアは喉の奥に何かがつかえたような閉塞感を覚えた。

何か言わないと、そう思っても上手く言葉が出ない。

結局シルヴィアが言葉を見つける前に、オスカーは立ち去ってしまった。

国王代理であるアンドリューに謁見し、国王の見舞いの許可を得るのだろう。わかってはいるが、あんなふうに素っ気ない態度をとられるとどうしていいかわからなくなる。

「姫様？」

「……あ、ごめんなさい」

立ち尽くしていると、女官に不思議そうに声をかけられる。シルヴィアは慌てて微笑んで誤魔化すと、父のいる寝所へと向かって歩き始めた。


先月末、父であるディノワール国王アウラードが倒れて以来、シルヴィアは毎日のように父のもとを訪れている。

その時の彼は国王としての近寄りがたい威厳はなりを潜め、ただただ、娘を慈《いつく》しむ父の様相を呈している。帰りも、辞去しようとするシルヴィアをあからさまに引き留めることこそしないが、もう少しここにいて欲しいと望んでいることが伝わってきて、結局それからさらに小一時間を父のもとで過ごすのが、このところのシルヴィアの日常となっていた。

シルヴィアは幼い頃に母を病で亡くしている。そうした経緯もあり、シルヴィアにとって家族はとりわけ大切な存在だ。日頃一緒にいられない分、その思いはより強かった。

国王の今の状態は、少しずつ回復しているものの、会話は以前よりもかなり遅く、時折滑舌《かつぜつ》が悪いこともある。

しかし侍医の話では、時間はかかるだろうが、日常生活に支障がない程度には回復するだろうと言うことだった。

シルヴィアにできることは多くない。それでも、父のために何かしてあげたいと、シルヴィアは毎日のように父を見舞っていた。

国王アウラードの寝所は、王宮内の北東に位置している。

そのため、今の時間は強い日差しもなく、回廊を歩くシルヴィアもそれほど強い羞明を感じずに歩くことができている。

寝所内もシルヴィアが来る時間帯には、必ず紗《しゃ》のカーテンが引かれ、余計な日差しが入らないようにしてくれていた。

程なくひとつの大きな扉の前にたどり着くと、「姫様」と女官が合図を出した。

「ありがとう」

女官に礼を言って手を離すと、代わりに杖を受け取り、シルヴィアは目の前にある扉を控えめに叩いた。

「お父様、シルヴィアです」

少しして、扉の奥から「入りなさい」と、深みのある声が返ってきた。

手探りで取っ手を摑んで扉を開き、中へ入る。瞼ごしに感じる室内は薄暗く、ほのかに薬草の匂いがした。その匂いの元である薬草茶は、ガラスの水差しに入って寝台の傍のサイドテーブルに置かれてあると聞いている。

それは血の巡りをよくするものだそうで、侍医に指示された薬師が毎日用意しているとのことだった。

部屋の寝台やテーブルなどの大体の位置を、このひと月でおおよそ把握しているシルヴィアは、ゆっくりとした足取りながらも、ぶつからずに器用に部屋を進むと、父の寝台の枕元に用意されている椅子に腰掛けた。

「お父様、お加減はいかが？」

「……今日はずいぶんと気分が良い」

穏やかな声が返ってくる。

「良かった」

微笑みながら、シルヴィアはそろりと手を伸ばすと、寝具の上にあるだろう父の手を探った。すると少し骨張った大きくて温かな手が、シルヴィアの手の甲に優しく重ねられる。

「お父様、今日はこの後にお客様がいらっしゃるのよ」

「ほう、それは誰かな」

「内緒。きっとお父様も驚くわ」

くすりと笑いながらシルヴィアは明るい口調で話す。

自分自身はといえば、その内緒の相手と先ほど気まずい再会を果たしたばかりだが、そこは黙っておいた。話したところでどうにかなるわけでもないし、父にいらぬ気遣いをさせたくなかったからだ。

「シルヴィアも驚いた相手か。じゃあ、楽しみにしておこう」

それから小一時間、穏やかな雰囲気の中で談笑していると、扉が叩かれた。

「陛下、シェヴィリア国王が陛下にお目にかかりたいと」

女官の伝えた内容に、アウラードは驚いた様子もなく「お通ししろ」と答えた。それでシルヴィアは、父がオスカーが来ることをあらかじめ知っていたのだと気づいた。

「お父様、ご存じだったの？」

「今日、とは聞いていなかったが、近く会いたいという書状は届いていたからね」

「そうだったの」

どうりで、と一人納得するシルヴィアの耳に、再びノックの音が届いた。

「お連れいたしました」

扉が開かれる音と共に、シルヴィアは椅子から立ち上がる。誰かが入室する気配に、それがオスカーだと察する。

本当なら、彼が来る前に帰ろうと思っていたのだが、思いのほかゆっくりしてしまったようだ。

「お父様、わたしはこれで……」

「ああ、またおいで」

優しい声に笑顔で応えてシルヴィアは踵を返す。杖を手に扉へと向かっていると、すれ違いざま肘《ひじ》のあたりにそっと彼の手が触れた。

思わず足を止めてしまうと、耳元に低く囁きかけられる。

「帰りも送るから、少し待っていてくれ」

「…………」

つかの間の逡巡の後、シルヴィアが小さく頷くと、触れていた手が離れた。

再び杖を頼りに進み、程なくたどり着いた扉を開けようとしていると、「長くご無沙汰しておりました」と父に挨拶をするオスカーの声が聞こえた。

「よく来た」

返された父の声は、とても親しみが籠もっていたようにシルヴィアには感じられた。

部屋を出て再び女官の案内で回廊を進んでいると、聞き慣れた声がシルヴィアを呼び止めた。

「シルヴィ」

駆け寄ってくる軽快な靴音に、シルヴィアは笑顔で振り返る。

「お兄様」

「間に合って良かった」

やわらかな、男性にしては少し高めの声が、シルヴィアの耳に届く。

シルヴィアの兄であるアンドリューは、現在は病床の父の代理を務めている。

十五の年から公務に就くようになって既に八年が過ぎていることもあり、政務にも精通していた。そのため、彼が急遽執政を代行しているにもかかわらず、大きな混乱は生じていない。

穏やかな容姿に反してその仕事ぶりは謹厳《きんげん》で、当初若い彼を甘く見ていた貴族たちも、すぐにその考えを改めざるを得なくなった。

だが、それはあくまでも政務に限った姿であり、兄としてシルヴィアに接するときの彼は非常に甘い。と言うのが周囲の共通した評価である。

今の時間はまだ執務中だろうが、シルヴィアが父の見舞いを終えて帰るときには必ず顔を見せ、ねぎらいの言葉と共に見送ってくれる。そんな優しいアンドリューがシルヴィアは大好きで、心から尊敬していた。

「僕が代わろう」

そう言うのと同時に、シルヴィアを導いていた手が女官からもっと大きな男性の手に代わる。

シルヴィアが王宮へ来るとき、時間に余裕があれば必ずと言っていいほど、彼が妹をエスコートしていた。

父が病に倒れたときは、悲しみにうちひしがれていたシルヴィアだったが、こうやって毎日のように父や兄に会える今の状況は、彼女自身の慰めにもなっていた。

「大聖堂での一件、オスカーに聞いたよ」

歩きながら、苦い口調でアンドリューが話す。

もう知られてしまったのか、と内心でシルヴィアは嘆息する。こんなことで兄を煩《わずら》わせたくなかったのにと思うが、オスカーが話したのでは仕方がなかった。

シルヴィアは直接知らないが、兄とオスカーは年が近いこともあり、個人的にも親しくしていると聞いたことがある。きっと、妹を案じる兄の心情を察して伝えたのだろう。

あんな気まずい別れ方をしたのに、それでも自分のことを気遣ってくれるオスカーの優しさに申し訳なさが募る。

「フリードリヒ王には、僕も常々言ってはいるんだが、どうにも君への執着が強くてね……」

思うように守ってあげられない苦悩を滲ませる兄に、シルヴィアは曖昧に微笑む。

「だけど、今日は彼が助けてくれたから……」

「そこなんだ。今回はオスカーがいたから良かったけれど、今日の帰り際の台詞も気になる。警備体制を改めておく必要があるかもしれないな……」

「……ごめんなさい」

「どうして君が謝るんだ。大切な妹を守るのは、兄として当然の務めだろう？」

心外そうな声の後、ふっと苦笑混じりのそれに変わる。

「大丈夫だよ、君のことは僕が守るから」

「……ありがとう、お兄様」

たとえ見えなくても今の兄が優しく微笑んでいるのがわかる。

父と同じ金褐色の髪と新緑色の双眸。シルヴィアとはまったく異なる色彩でありながら、共に亡き母に似た面差しが、唯一、二人の血の繋がりを感じさせる。

「そういえば、帰りはオスカーが送ると聞いているよ」

「え、ええ。でも……これ以上迷惑をかけても悪いから……」

あんなことがあった後だし、オスカーは送ると言ってくれたが、シルヴィアとしてはためらいがあった。

「何を言っているんだ。彼が君のことで迷惑に感じることがあるはずないよ」

兄は本気でそう思っているようだった。

「八年前から、彼にとって君は特別な存在のようだし――いや……」

アンドリューは言い直す。

「正確には八年前の『あの夜』から、かな？　闇に紛れてさらわれそうになっていた君を、彼は助けてくれたんだったね」

「……ええ」

あの夜の出来事は、大聖堂関係者だけでなく、当然兄も知っていた。

「当時、君たちも子どもだった。でもだからといって、夜、ひと目を盗んで二人きりで会っていたのは感心しない。だけど、彼の行動があったからこそ、君がさらわれずにすんだのだし……。まあ正直、兄としては複雑なところだけどね」

苦笑混じりの呟きを聞いたシルヴィアの脳裏に、八年前の出来事がよみがえる。

それは二人が出会って七日目のことだった。

その夜は五十年に一度の流星群が見られるということで、一緒に見ようと約束した。

しかしその晩、ランプを手に携えてオスカーを待つシルヴィアの前に現れたのは、待ち人とは似ても似つかぬ粗野な二人組の男たちだった。

がさり、と森の奥から現れた、外套《がいとう》に身を包んだ姿を見た瞬間、予想外の状況にシルヴィアは一瞬体が動かなかった。

彼らが大聖堂内の関係者でないことは、ひと目でわかった。

歩み寄ってくる男たちの血走った目に、シルヴィアは本能的に恐怖を覚えて身を翻して逃げようとしたが、その時には既に遅く、駆け出そうとした体は抱きすくめられ、助けを呼ぼうと開いた口は、男の大きな手によって塞がれていた。

口を押さえる男の手には布のようなものがあり、しかし布とは明らかに違う匂いがすると気がついたときには、シルヴィアの意識は遠のいていた。

その後のことは、シルヴィアは覚えていない。

目が覚めるとオスカーがいた。

オスカーはシルヴィアと目が合った途端、息ができないほど強く抱きしめてきて、何度も『すまない』と謝ってきた。

どうしてオスカーが謝るのかとシルヴィアは思ったが、薬の効果と疲労で再び眠りに落ちてしまい、次に目が覚めたときには翌朝になっていた。

オスカーが部屋にいることに驚くシルヴィアに、彼は昨夜のことを説明してくれた。その中で、男たちが例の抜け穴を通って侵入したのだと聞かされたときには、シルヴィアは彼が昨夜何故あんなにも謝っていたのかという理由に気づくと共に、自分たちの軽はずみな行動を深く後悔した。

だが、不幸中の幸いにも、シルヴィアの危機を他ならぬオスカーが救った功績を認められ、特例として今後は大聖堂の聖域への出入りを許されたと知った時は、これからは自由に会えるという喜びもさることながら、彼が自分のせいで咎められることにならなくて良かったと、心から安堵したのだった。

また後で会いに来ると言ってオスカーが帰った後、着替えようとしたシルヴィアは、自分がローブではなく夜着を着ていることに手触りで気づいて首を傾げた。

『どうかなさいました？』

『いつの間にか夜着に着替えているから、どうしてかしらと思って』

シルヴィアの何気ない疑問に、一瞬アデルは固まっていたようだが、すぐに「ああ」と思い出したように答えた。

『あのローブには男たちの手が触れたので、勝手とは思いましたが私が姫様のお着替えをさせていただきました。それに、眠るのにローブのままでは窮屈かと思いましたので』

『……ああ、それで。……あら……？』

頷きながら、シルヴィアは胸元にかかっていた髪を背に流す。その指先に何かが触れた。

『髪に何か……』

指先で絡まっていたものをとる。目を閉じていてもそれが何かすぐにわかった。数日前までは、それこそ毎日のように触れていたからだ。

『クローバー？　どうしてこんなものが髪に……』

不思議そうに呟くシルヴィアは、傍らに立っているアデルが小さく息をのんだことに気づかなかった。

『庭で寝そべったりなんてしていないのに……』

『ほらほら姫様、お食事が冷めてしまいますよ』

『え？　ええ』

アデルにやんわりと急き立てられる。時刻を訊けば、程なく礼拝堂に信者が訪れ始める時間であったため、シルヴィアは小さく頷いてクローバーから手を離した。

シルヴィアが襲われたことは、大聖堂関係者に大きな衝撃を与えた。

『二度とこんなことは起こってはならない』

大司教の発言に、反対する者は一人もいなかった。

そしてその日以来、シルヴィアへの警護はこれまでよりも厳重になった。事件の翌日に外壁が修理されたのは当然のこと、礼拝堂に務めに赴《おもむ》く際も、これまで供はアデルだけだったのが常に護衛の騎士がつけられるようになった。

そのことに戸惑ったのは、シルヴィア本人だけだった。

『少し大げさすぎるのではありませんか？　外壁も塞がれたのですし、これまで通りでも大丈夫だと思うのですが……』

自分一人のためにこれほど人手を割く必要はないのでは、とシルヴィアが相談すると、大司教は呆れたような心底困ったような表情を浮かべた。

『何かあってからでは遅いのです。あなたの身を守るのは、我ら聖職者に与えられた天命なのですから』

シルヴィアは、同じ年頃の少女らと比べて性に関する知識がきわめて乏《とぼ》しい。それは、生涯を大聖堂で暮らすシルヴィアに、生殖行為に関する知識は必要最低限でいいだろう、というのが周囲の共通した考えだったからである。

つまり、シルヴィアは貞操《ていそう》観念はあるものの、その危機感が世間の女性と比べて著しく薄いのだ。

だから男たちに襲われたと聞かされても、シルヴィアは怖かったという記憶が残っているだけで、実際には彼らが自分に対して何をしようとしていたのか、わかっていなかったのである。

あの夜、大聖堂に侵入した二人組の信者にさらわれそうになった。しかし偶然居合わせたオスカーによって助けられた。――それが、シルヴィアの知るすべてだった。

「シルヴィ？」

気遣うような声色に、シルヴィアははっと我に返る。

「ごめんなさい、なんでもないの」

誤魔化すように笑顔を作るが、アンドリューは彼女のほんの些細な表情の変化も見逃さなかった。

「あの夜のことを思い出させてしまったね。すまない」

「ううん。わたし、あの夜のことはあまり覚えていないから。さらわれそうになったけれど、すぐに助けたってオスカーも言っていたし……」

「そうだね。建物の外に連れ出される前で本当に良かったよ。その点から言っても、本当にオスカーには感謝しないといけないね」

「……ええ」

話しながら、本当だわ、とシルヴィアは改めて思う。

あの晩、彼が助けてくれていなければ、今頃はどうなっていたことか。

本当に、彼にはどれほど感謝しても足りない。それなのに、気持ちの整理がつかないがために、馬車では嫌な思いをさせてしまった。

――後で謝ろう。この先も、彼とは友人でいたいから。

そうシルヴィアが決めたときだった。

「ブランシュネージュ」

後ろからオスカーの声がして、二人は足を止めて振り返った。

「やあ、オスカー」

「オ……陛下」

オスカーと言いかけて、慌てて言い直す。近づいてきた彼が、兄ではなく自分のすぐ前に立つ気配を感じて、シルヴィアの頬がじわりと熱を帯びた。

「送ると言っておきながら、遅くなって申し訳ない」

「い、いえ……」

「別に僕の前だからって、堅苦しく話す必要はないよ」

くすりと笑み混じりの声が二人の間に入り、シルヴィアは慌てた。

「お、お兄様、わたしたちは……」

「幼なじみで、仲の良い友人なんだろう？」

言いながらも、兄のどこか楽しそうな様子が伝わってきて、シルヴィアはさらに狼狽えてしまう。

「アンドリュー殿下、ブランシュネージュをからかわないでいただきたい。殿下がおっしゃるとおり、私たちは幼なじみであり、良い友人です」

「……わかったよ、オスカー」

冗談の通じない男だとでも言いたげにアンドリューがため息を漏らす。

その隙を逃さず、オスカーはシルヴィアの手をアンドリューから受け取った。強引ではないその自然な所作《しょさ》に、シルヴィアの胸が甘く震えた。

「では、送っていこう」

「……はい」

「アンドリュー殿下、ブランシュネージュは私が確かにお送りしますので」

「よろしく頼むよ。――ああ、そうだシルヴィ、道中狼《おおかみ》に気をつけるようにね」

「狼？」

「気にしなくていい。行こう」

「え？　オスカーあの……っ」

少し強引に手を引かれ、戸惑いながらもシルヴィアはオスカーと共に歩き始める。

その二人の後ろ姿を、アンドリューが楽しげに見送っていた。


約束通りシルヴィアを大聖堂まで送り届けた後、オスカーはその足で帰国した。

「国内は落ち着いたとはいえ、まだ油断できないだろうからな。今回はとりあえず挨拶だけ、ということらしい」

　翌日、見舞いに訪れたシルヴィアに、父アウラードは言った。

「じゃあ、次はいつ来られるかわからないのね……」

　ぽつりと独りごつと、父が小さく笑みを零した。

　あの後、大聖堂へ向かう馬車の中で、シルヴィアは往路での件をオスカーに謝った。

『気にしてない』

　頭を下げるシルヴィアに、オスカーの返事は穏やかだった。

『次はいつ……』

　会える？　と訊ねそうになって口ごもったシルヴィアに、オスカーは『お前が望むなら、いつでも』と返してくれた。それが彼の立場を考えれば難しいとわかっていても、そう言ってくれたことが嬉しかった。

「シルヴィアは、オスカーが好きなのか？」

「えっ」

　父の問いに弾《はじ》かれたように顔を上げたシルヴィアは、慌てて頭を振った。

「そん、なこと。オスカーは昔からの知り合いというか……」

「そう思わないと、自分が辛いからか？」

「……っ」

図星をつかれて、シルヴィアはぐっと詰まる。

やがて静かな空間に漏れたシルヴィアの声は、今にも消え入りそうなか細いものだった。

「仕方ないもの。わたしは、ブランシュネージュなのだし……」

それが何を意味するか、当然アウラードも知っている。

「ブランシュネージュが幸せを望んではいけない、ということはあるまい」

「……でも」

「シルヴィア」

ためらうシルヴィアに、父は穏やかに呼びかけた。

「ブランシュネージュの務めを果たすことは勿論大切だ。だが、幸せの訪れを待っているだけではいけないよ。時には自分から歩み寄り、恐れずに手を伸ばさなければ」

「……お父様は、わたしがブランシュネージュであることを望まないとおっしゃるの……？」

父に、心の中を見透かされているような気がした。

「幸せになることを怖がってはいけない」

「……お父様」

父の大きな手が、寝台の上に置かれたシルヴィアの手に重ねられる。

ローブ越しではあったけれど、ほのかに伝わる父の手の温もりに、シルヴィアは父が自分の将来を強く案じているのが伝わってきて、胸が切なくなった。

「シルヴィア」

父はもう一度呼んだ。

「私はいつも、お前を愛しているよ」

「ええ、わたしもよ、お父様」

微笑むシルヴィアの手を、アウラードは優しく撫でてくれた。

——それが、父と交わした最後の会話となった。


国王が崩御《ほうぎょ》したのは、オスカーが帰国してからわずか数日後のことだった。

シルヴィアが最後に父に会ったとき、その声はいつもと変わりなかった。

「夜中に再出血したらしい。気がついたときにはもう手の施しようがなかったと……」

アンドリューの説明を、シルヴィアは兄の胸の中で泣きながら聞いていた。

悲しみに暮れる間もなく国葬が執り行われ、ブランシュネージュとしてシルヴィアも役目を果たした。

無理をする必要はないと周囲はシルヴィアを気遣ったが、彼女は涙で頬を濡らしながらも大丈夫です、と断った。そうして執り行われた式で、シルヴィアは気丈に祭壇に立ったが、泣きはらした目元はヴェールでも隠すことはできず、居並ぶ列席者の涙を誘った。

父の死から国葬まで忙しかったことは、結果的にシルヴィアにとっては良かったのかもしれない。何もせずにいれば父のことを思い、泣くことしかできなかっただろうから。

それでも夜になって部屋に一人きりになると、嫌でも父がもうこの世にいないのだと実感してしまう。父の死を悲しむあまりすっかり食欲も落ちてしまい、シルヴィアはみるみる痩《や》せていった。

兄アンドリューは国葬が終わって間もなく王位を継ぎ、新たなディノワール国王となった。

肉親の死を悲しむ暇さえなく、激務をこなす兄とは異なり、葬儀《そうぎ》を終えて一段落してからは、シルヴィアはぼんやりと部屋で過ごすことが増えていた。

そしてひと月が経ち、生活がこれまで通りになっても、シルヴィアの食欲は戻らないままだった。

「姫様、陛下からお届け物ですよ」

父が亡くなってからというもの、森へ出かけることもなくぼんやりと部屋で過ごしているシルヴィアを心配して、毎日のようにアンドリューから菓子や果物が届けられていた。

夕食の後、私室のテーブルに綺麗に切った果物が並べられる。

「ありがとう、後でいただくわ」

顔を向けることさえせずに、気のない返事をよこすシルヴィアに、アデルがため息をついた。

「駄目ですよ、少しでも召し上がらないと。お夕食もほとんど手つかずでしたし……。陛下も、姫様がこのところほとんど召し上がっていないことを心配なさっておいでです。今日は姫様のお好きな桃もありますし、少しだけでも」

「……わかってはいるのだけど」

視界を閉ざしても、甘い匂いが感じられる。桃はシルヴィアの好物だったが、今はその大好きな匂いでも食指が動くことはなかった。

長椅子からふらりと立ち上がると、寝台へと向かう。

「ごめんなさい、少し休むわ」

「姫様……」

「後で食べるから。……ごめんなさい」

繰り返し謝ることで言外に一人になりたいことを伝えると、アデルは気遣わしそうにしながらも、「では何かあればお呼びください」と言い置いて退室していった。

ヴェールを外して寝台にゆっくりと横たわり、シルヴィアは小さく息を吐く。

倦怠感《けんたい》が強く、頭の芯に鈍い痛みがあった。この頃ずっとそんな状態で、午前中の礼拝堂での務めが辛いときがある。だが、それをアデルに言えば兄にも伝わってしまうため黙っていた。

こんなことではいけないと自分でもわかっている。

けれど、頭ではわかっていても心が受け入れようとしないのだ。

のろのろと枕元のサイドテーブルに手を伸ばし、そこに置かれている緑の布で装丁された本を取り上げる。

――君が望むなら、いつでも。

「オスカー……」

どうしようもなく孤独を感じて仕方がなかった。

手元に引き寄せた本を両手で胸に抱くと、込み上げる涙を拭いもせずにシルヴィアは泣いた。

異変に気づいたのは、鼻を刺す臭《にお》いに咳き込んだからだった。

「……ごほっ、何……？」

いつの間にか眠っていたらしい。

既にあたりは暗く、身を起こしたシルヴィアは、室内の異様な熱気に眉をひそめた。

暗い視界の中で煙《けむり》に顔をしかめながらあたりを見渡すと、ぱちぱちと何かがはぜる音が聞こえ、カーテンの奥――森の方が不自然に明るいことに気づいた。

一体どうしたのだろう、と寝台を降りて窓の方へと向かう。

カーテンに手をかけて開けてみて、シルヴィアは絶句した。

――森は一面、火の海だった。

衝撃的な光景に呆然と立ち尽くすが、不意に強い痛みを目の奥に感じ、シルヴィアは反射的にカーテンを閉める。

直後、室内は暗さを取り戻したが、先ほど見た光景はシルヴィアの脳裏にはっきりと焼き付いていた。

「嘘《うそ》……どうして……」

シルヴィアの愛して止まない蒼い森が、ごうごうと音を立てて燃えていた。一面の灼熱の世界は、しばしシルヴィアから正常な思考力を奪った。

ぱち、とカーテン越しに聞こえた木々の悲鳴に、シルヴィアは唐突に我に返ると、のろのろと踵を返した。

「に、逃げないと……」

そして、皆に火事を知らせなければ。

ずきんと再び目の奥に疼痛《とうつう》が走る。目を開けてから、まだわずかな時間しか経っていなかったが、網膜が思った以上にダメージを受けているらしく、目を開けていることが辛い。

それに加え、徐々に室内にも煙が侵入し始めていて、シルヴィアは目だけでなく喉を刺す痛みにも苦しんだ。

よろめきながら手探りで室内を移動する。いつもなら、目を閉じていても何がどこにあるのかわかるのに、今はまっすぐに歩くことすら困難で、幾度ものにぶつかりながらようやく扉へたどり着いたときには、すっかり息が上がってしまっていた。

だがそこで、不意に思い出した。

「本……」

古ぼけた緑の本。あれは、シルヴィアが少女の頃から大切にしてきたものだ。置いていくことなどできるわけがなく、やっとの思いでたどり着いた扉から離れ、再び寝台へと向かう。

今や室内は苦しいほどに熱気が籠もり、息をするたびに喉の奥が痛んだ。視界の端に映る窓ガラス越しにオレンジの炎が確実に迫ってくるのがわかって、シルヴィアの焦燥感《しょうそう》を煽《あお》った。

徐々にものが見えづらくなっていく中、這うようにして寝台へたどり着き、枕元を半ば手探りで目的のものを探す。

その指先に、硬く、乾いた手触りのものが触れた。

「あった……」

シルヴィアはほっとして胸に抱き寄せると、再び扉へ戻り始めた。

ローブの袖で鼻と口を押さえて進みながら、どうして誰も来ないのかシルヴィアは不思議でならなかった。

そしていつもなら真っ先に来るはずのアデルが姿を見せないことに思い至った瞬間、シルヴィアは慄然《りつぜん》とした。

――まさか、この煙に巻かれて動けない……？

アデルの控え室はここからさほど遠くない。と言うことは、煙や炎が彼女の部屋まで届いている可能性は十分にあるのだ。

助けに行かないと――、そう思った直後だった。

バリン！　とガラスが割れる音と同時に、すさまじい熱風が室内に吹き込んできた。

「きゃあっ！」

突風と炎に煽られてよろめき、体を強く扉に打ちつける。

それでもなんとか体勢を立て直すと、胸に抱えた本を落とさないように抱き直し、辛いとわかっていながらも閉じそうになる瞼を押し上げた。

カーテンがあっという間に燃え、火の勢いは衰《おとろ》えるどころかますます激しさを増して室内に侵入している。ぐずぐずしていては、逃げ道がなくなってしまう。目を苛む痛みは増していく一方だったが、今は少しでも視界を確保しなければと、シルヴィアは痛みを堪えて目を開け続けた。

背中に熱を感じながら、扉を押し開く。

止まらない咳と涙に苦しめられながら、精一杯身をかがめて回廊を進んでいく。

「アデル、だれか……！」

暗い通路に人影はなく、シルヴィアの声だけがむなしく響く。

おかしい。火元がどこかわからないにせよ、これほど大きな火事になっているのだから、騒ぎにならない方がおかしいのだ。

それなのに、誰一人いない。警備の騎士も、司祭たちも、侍女たちも、誰一人いない。

「ごほっ、ごほっ、誰か……いないの……!? アデル……!」

大きな声を出せば、その反動で息を深く吸い込んでしまい、さらに激しく咳き込む。

這うようにして逃げ続けるも、やがてそれさえも困難になってくる。

膝が折れ、その場にくずおれる。

「お願い、誰か助けて……」

息が苦しい。頭の中が靄がかかったようになって、逃げようと思っているのに体が言うことをきかない。

後ろからは炎と煙がシルヴィアを呑み込もうと追ってきている。

けれどもう、その光景をシルヴィアが視界に映し出すことはなかった。

「助けて……」

かすむ意識の中で、シルヴィアは誰ともなしに呟く。

——お願い、誰か……。

何故か、彼の声が聞こえた気がした。

『お前が望むなら、いつでも』

彼とはあれ以来会っていない。

こんなことになるのなら、彼に伝えておけば良かった。——今でも、好きだと。

けれどもう手遅れだ。救助の望めない今、シルヴィアが生き延びる可能性は絶たれたと言っていい。

「……オスカー……」

遠のく意識の中、乾いた唇で声にならない名を呼びながら、シルヴィアの意識は闇へと落ちていった。


それから程なくして、回廊の奥から二人の青年が姿を現した。

駆け寄った青年のうち、一人がシルヴィアの傍に片膝をつく。そしてぐったりと伏せている体を仰向けにすると、青年は上体をかがめてシルヴィアの胸元に耳を押し当てた。

「――気を失っているだけだ」

安堵の滲む声で呟き、青年はシルヴィアを抱き上げる。

その様子を見ていたもう一人が、あたりを見渡して言った。

「急ごう。すぐそこまで火が迫っている」

「――ああ、そうだな」

そう答えながらも、青年はすぐには動かない。

腕の中で意識を失ったままのシルヴィアを見つめながら、青年は満足げな笑みを浮かべた。

「ようやく手に入れた。俺のシルヴィア」

彼の囁きは、迫り来る焔《ほのお》の音にかき消され、誰の耳にも届くことなく紅蓮《ぐれん》の空へと溶けていった――。

第四章　届かない祈り

地下から湧き出る水が気泡と共にゆっくりと水面へと浮上するように、シルヴィアは緩やかに意識を取り戻した。目覚めてもすぐに瞼を開かないのは、これまでの習慣だ。瞼越しに感じる明かりは弱く、自室にいるときとほとんど変わらない。

ゆっくりと瞼を開くと、薄暗い天井が視界に広がった。けれどその色にはどこか違和感があった。

「……ここ、は……」

ゆっくりと上体を起こしてあたりを見る。

天井が高く広々とした室内であることはわかる。しかし視力が乏しいシルヴィアには、姿見や家具があることは認識できても、それにどのような装飾が施されているのかまではわからない。それでもここが大聖堂の自室でないことだけはわかった。

増していく困惑に、ふと窓の方へと顔を向ける。

そこから見える空は未だ濃紺色に染まっており、夜明けまで時間があることを示している。

自分の置かれた状況を理解できずにいると、部屋の扉が開かれる音が聞こえた。

はっと顔を向けると、視界の先に長身の男性とおぼしき人影があった。

——誰……？

寝台から入り口に立つ男までの距離はおよそ十メートルあり、シルヴィアには男が金髪であることはわかるのだが、顔立ちまでは認識できない。

相手が誰なのかわからない状況ににわかに不安を覚え、シルヴィアは少しでも身を守ろうと寝具を胸元まで引き上げた。

「ああ、目覚めたか」

その声を聞いた瞬間、シルヴィアは呆けた。

「……え……オスカー……？」

これは夢なのだろうか。

だが、それが夢や幻ではないのだというように、彼ははっきり「ああ」と答えた。

声の主が歩み寄るにつれ、徐々に彼の姿がシルヴィアの目にもはっきりと識別できるようになってくる。

最後に彼の姿を自分の目で見たのは四年前。

記憶の中にあるオスカーは、快活な笑顔が印象的な少年だった。

けれど今、シルヴィアへと向かってくる彼は、あの頃の少年ではなかった。

記憶の中の彼よりもずっと伸びた身長。丸みが消えてすっきりとした頬。切りそろえただけだった金色の髪はすっきりと流されて整えられており、白い歯を覗かせながら笑っていた端正な唇には、やわらかな微笑みが浮かんでいた。

深い青の双眸だけが、唯一記憶の中の彼と同じだった。

四年という歳月は、少年を大人の男性へと成長させるのに十分すぎる時間だったのである。

あの頃よりもずっと魅力を増した美貌を、シルヴィアはものも言えずに、魅せられたように呆然と見つめてしまう。

声だけなら会うたびに聞いていた。――だから、こんなにも彼が変わっていたことに、シルヴィアは気づけなかったのだ。

「シルヴィア？」

呼びかける声に、はっと気づいたときには、彼はすぐ傍まで来ていた。

「あ……なんでも……」

言いかけて、シルヴィアは自分が薄い夜着しか纏っていないことに気づく。

頬を赤らめながら、何か肩にはおるものをと枕元を振り返ったシルヴィアは、そこに思いがけないものを見つけて目を瞠った。

枕の傍らに、緑の布で装丁された、見慣れた本があったのだ。

どうしてこれがここに……そう考えて、シルヴィアは唐突に思い出した。

何故、この本を持ち出さなければならなかったかを。

「あ、わたし……」

本に触れる指が震える。

脳裏に浮かぶのは紅蓮の炎。

突然の火事の中、煙に呼吸と視界を奪われながら、シルヴィアは逃げ惑うことしかできなかった。

そのうち逃げることすらできなくなり、遠のく意識の中で、自分はここで死ぬのだと覚悟した――はずだった。

「わたし、あの時……」

本当なら死んでいた。呆然とするシルヴィアの体にやわらかな毛織りのブランケットがかけられる。その温もりさえわからないほどに、シルヴィアは激しいショックを受けていた。

「思い出したのか」

キシリ、とスプリングのきしむ音と共に、オスカーが寝台の脇に腰掛けると、シルヴィアの手に自身の手を重ねた。その温もりのもとをたどるように、シルヴィアは緩慢《かんまん》な仕草でオスカーを見上げる。

「大丈夫だ、シルヴィア。お前は生きてる」

「オスカー……」

「お前は生きている。助かったんだ」

もう一度穏やかな声音に繰り返されれば、怯えてこわばっていたシルヴィアの表情が少しだけやわらいだ。

「……あなたが、助けてくれたの……？」

彼は重ねる手に力を込めた。

「お前が無事でよかった」

安堵を滲ませる優しい声と、指先から伝わる温もりに、次第に気持ちが落ち着いてくる。

「……ありがとう、オスカー……」

本当ならあの火事で死んでいた。けれど、オスカーが救い出してくれた。あの炎と煙の中から。

この四年の間、オスカーとは深く関わらないようにしてきたシルヴィアを、彼は危険も顧みずに助けてくれたのだ。その後ろめたさと共に、そんな状況であったにもかかわらず来てくれた彼の優しさに胸を打たれる。

「ありがとう……」

もう一度言うと、オスカーはいいんだ、と微笑んだ。

「少し、痩せたんじゃないのか？　ちゃんと食べているか？」

気遣うように問われて、シルヴィアは寂しげに微笑む。

「本当ならアウラード陛下の葬儀の後、お前に会いに行きたかったんだが……」

「ううん。あなたが大変なのは知っているもの。それに、こうやって助けに来てくれたのだし感謝しているわ」

「そうか……」

オスカーが表情をやわらげる。そしてふと思い出したように「ああ」と呟いた。

「シルヴィア、今は腹は空いていないか？　何か食べたいものがあれば用意させよう」

「……ううん、平気よ。それよりオスカー」

言いながら、シルヴィアはここが見知らぬ場所であることを改めて認識したように、ちらりと室内へと視線を巡らせた。

「……あの、皆はどこ？　大司教様やアデルは無事？　ここは王宮なのよね？」

気持ちが落ち着いてきたからか、遅ればせながらようやくそこに考えが至った。突然の災厄《さいやく》で動揺していたとはいえ、だからこそこんなにも大切なことを忘れていたことにシルヴィアは焦りを感じた。皆は一体どこにいるのか。否、そもそも無事でいるのだろうか。

「オスカー、助かった人たちは今どこにいるの？」

半ば身を乗り出し、矢継《やつ》ぎ早《ばや》に質問を重ねるシルヴィアに、オスカーが困ったようにかすかに眉をひそめる。

「落ち着け、シルヴィア。説明はする。だが、その前に少しでも――」

「平気だから」

体を案じるオスカーを、シルヴィアは焦れたように遮る。実際、まるで空腹を感じないのだ。

「お願い、オスカー。あなた何か知っているんでしょう？　教えて、皆は無事なの？」

「落ち着くんだ、シルヴィア。話なら後でするから、今は少し休んで――」

「オスカー、お願い……！」

彼の上着の袖を摑み、シルヴィアは懇願する。その強い思いが通じたのか、初めは迷う表情を浮かべていたオスカーだったが、やがて根負けしたように、「わかったよ」と小さくため息をひとつつき、話し始めた。

「報告を受けたのは夜更けだ。それで急いで駆けつけたんだが、俺が到着したときには、既に大聖堂はかなりの部分が燃えていた」

大聖堂の外には火事から逃れてきたらしい司祭らが何人かおり、それを見つけたオスカーは彼らにシルヴィアの無事を訊ねた。

しかし彼らが青ざめながら頭を振ったことで、オスカーは彼女が今もまだ建物の中に残っていることを知ると、周りの者が止めるのも聞かずに火の中に飛び込んでいったのである。

「俺がお前を見つけ出したときには、もう火がそこまで迫っていて、お前を救い出すだけで精一杯だった。――とても他の者を捜せるような余裕はなかったんだ」

沈痛な面持ちで語り終えるオスカーを、シルヴィアは呆然と見つめる。

「……じゃ、じゃあ、避難していた人の中に、大司教様は……アデルは……？」

すがるような問いかけに、オスカーは目を伏せてゆっくりと頭を振った。

「俺が見た中にはいなかった」

「そんな……！」

頭から血の気が引き、不意に目の前が真っ暗になる感覚に襲われる。

「シルヴィア」

ふわりと体が包み込まれる感覚に視線を上げると、いつの間にかオスカーの腕の中にいた。

一瞬、気を失ってしまったらしい。

「あ……ご、ごめんなさ……」

彼の腕に手を添えると、緩慢な動きで身を離す。

「すまない。やはりまだ話すべきではなかったな。お前には衝撃が強すぎるとわかっていたのに」

オスカーはいたわるように眉をひそめた。

「謝らないで、訊いたのはわたしだもの」

弱々しく頭を振りながらも、シルヴィアは込み上げる不安を隠せなかった。

皆はどうしているのか。特に、高齢の大司教やシルヴィアの私室近くに部屋を与えられているアデルは、あの火事の中を無事に逃げることができたのか。一刻も早く戻って、彼らの無事を確かめなくては。

それに何より、シルヴィアの姿がないことで、皆も心配しているはずだ。

「わたし、戻らないと……」

ここでじっとしているわけにはいかない。

寝台から降りようとすると、肩をやんわりと押さえられた。

「駄目だ」

「だけど、わたし行かないと。お願いよ、オスカー。わたしを皆のところへ連れていって」

無事であれば、きっと皆は王宮へ避難するはずだから、と訴えるも、オスカーは態度を変えることはなかった。ただ駄目だと繰り返した。

「戻るのは危険だ。行かせるわけにはいかない」

「どうして……あなたが一緒だからいいでしょう？」

「それでも駄目だ」

頑《かたく》なな彼の態度に、シルヴィアは戸惑った。

「どうして……」

何故オスカーがこれほどまでに引き留めるのか、その理由がわからない。普通に考えて、ブランシュネージュである自分が無事であるとわかったなら、すぐにも知らせを出すべきなのに。だが、この部屋に誰かが訪ねてくる様子はまるでない。それどころか扉越しにさえまったく人の気配が感じられないのだ。

まるで、この周辺にはシルヴィアとオスカーの二人だけしかいないかのようで、それがいっそうシルヴィアを困惑させた。

何かがおかしい、シルヴィアは漠然と思った。

オスカーはいつも、シルヴィアの身の安全を第一に考えてくれていた。幼い日、シルヴィアがさらわれそうになったときや、オスカーと二年振りに再会したあの日、フリードリヒに辱められていたときも、彼は相手の挑発に乗ることなくシルヴィアの安全を最優先にしてくれた。

だが、今の彼はそのいずれとも違う気がする。確信があるわけではない。けれどいつもの彼とはどこか違うのだ。

何かを見落としている。それはきっと大切な何かで、それさえわかれば、きっとすべてがわかるはず――。

はやる気持ちを落ち着かせるために、シルヴィアは深く息を吸った。

焦っていては、正しい答えは導き出せない。そう思い、シルヴィアはゆっくりと呼吸を繰り返す。

「……え……？」

そこでふとシルヴィアは、あることに気づいた。

「……臭い……」

あれほどの火事だ。たとえ無事に鎮火することができたとしても、しばらくは周辺に臭いが残っていてもおかしくない。日頃から目を閉ざす時間が長いシルヴィアは、視覚に不自由する分、必然的にそれ以外の感覚が優れている。それなのに、今感じられるのは深い夜に包まれた濃密な静寂と澄んだ気配ばかりで、あの火事の残滓《ざんし》はまるで感じられないのだ――。

「……どういう、こと……？」

ひとつの違和感に気づくと、それがきっかけとなってさらなる疑念を呼んだ。

何故、火事の気配がまったく残っていない？　何故ここはこんなにも静かなのか。何故オスカーはここにシルヴィアがいることを他の者に知らせようとしないのか。――何故、何故。

わからないことだらけの中、その考えはさながら天啓のように、唐突にシルヴィアの脳裏に閃《ひらめ》いた。

何故――シェヴィリアにいるはずのオスカーがここにいるのだろう。

シルヴィアは呆然とした。どうしてそのことに気づかなかったのか、いっそ不思議に思えるほど、それは至極当たり前な疑問だったからだ。

シルヴィアが知る限り、先代国王の葬儀を除いては、オスカーがここ最近でディノワールを訪れたという話は聞いていない。

彼が、今ディノワールにいるはずがないのだ。一体彼はどこで火事の報せを受けたのだろう。もしもシェヴィリアで受けたとしても、ディノワールまでは早馬を使っても半日以上はかかる。どんなに急いでも、とても間に合う距離ではない。

つまり、彼はディノワールの、しかも大聖堂の近くで報告を受けたか、あるいは――。

浮かんだ考えを、シルヴィアは慌てて否定した。

――そんなはずないわ。きっと、何か理由があったのよ。

「ね、ねえ、オスカー」

上掛けの上に重ねた手が、かすかに震えていた。

その手にオスカーの視線が一瞬向けられたことにシルヴィアは気づきながらも、震えを止めることができなかった。

「ディノワールにはお兄様に会うために来たの？　それとも他に用が……？」

あまりにもタイミング良く現れたオスカー。そこにどういう意味があるのか。

――そんなはずない。だって、オスカーはいつだってわたしを守ってくれたもの。だから、きっと今回だって何か急用でもあったんだわ。

必死に考える彼女の様子を、オスカーの静かな眼差しが、感情を見せないままに捉えている。

「俺が『ここ』にいる理由？」

「え、ええ」

知りたい。けれど知りたくない。その矛盾と葛藤の中で、シルヴィアはぎこちなく頷く。

だが、オスカーはシルヴィアの問いかけに直接答える代わりに、口の端に薄く笑みを浮かべた。そのどこか歪《いびつ》さの漂う微笑みを、シルヴィアは呆然と見つめる。

「本当はうすうす気づいているんだろう？　俺が何をしたのか」

それはつまり、シルヴィアの考えが正しいのだと認めることに他ならなかった。

「……オスカー、わたし……」

違う、と言いたくてシルヴィアは駄々をこねる子どものように頭を振る。

「お前の考えは間違ってない」

オスカーは笑みを消すと、必死に否定しようとしているシルヴィアをさらに追い詰める。

「そんな……嘘よ、だってそんな……あなたが……」

その先は怖くて口に出すことはできなかった。

彼は事前に火事が起こることを知っていたのではない。それどころか彼は――否、彼が。

「そうだ。俺が大聖堂に火を放つように命じた」

「…………っ」

認めたくなかった事実を当の本人から突きつけられては、もうどうすることもできなかった。

「ど……して……そんな……」

あの中には高齢の大司教や、侍女のアデルや他にも沢山の聖職者たちがいたのだ。

夜更け、突然起きた火事に彼らは驚いたはずだ。逃げ惑いながら、怪我をした人もいただろう。もしかしたら、それだけではすまない人だっていたかもしれないのだ。

その犯人が他ならぬオスカーだったなんて。やるせなさに、シルヴィアの双眸に涙が込み上げる。

「どうしてそんなひどいこと……！」

強い口調で批難するシルヴィアを、オスカーはまるで動じることなく静かな眼差しで見つめている。そうして答える声もまた、冷静そのものだった。

「どうして？　そんなこと決まってる。――お前を俺のところへ連れてくるためだ」

「……え……？　あなたのって……ここはディノワールじゃないの？」

シルヴィアは浅く眉根を寄せる。火事の気配がないことや、夜明け前という状況から、ここが大聖堂から離れているにしろ、せいぜい王都の外れのどこかだろうと考えていたのだ。――今、この瞬間までは。

だが、次に彼が口にした言葉は、シルヴィアの予想をはるかに超えていた。

「ここは、シェヴィリアの離宮だ」

「……シェヴィリア……って……」

シルヴィアは慌てて窓の方へ顔を向けた。

空は未だ暗い。火事の後ここへ運ばれたのなら、とっくに夜が明けているはずだ。

「そんなのおかしいわ。だって、まだ外は暗いもの。そんなに速く移動する方法なんてあるはずが……」

その混乱の意味に気づいたのだろう、オスカーがさらりと言った。

「あれから丸一日経ってる。火事の後、お前はずっと眠っていた」

「丸、一日……?」

シルヴィアは唖然とした。

だから何度も空腹の心配をしたのだろうか、と今はどうでもいい考えが頭をよぎる。

しかし、すぐに現実的な問題がシルヴィアの意識を呼び戻した。

丸一日、シルヴィアは行方不明になっている。大聖堂で暮らすようになってからこれまで、シルヴィアが一人で外出したことは一度たりともない。建物の中でさえ常に誰かが同行し、彼女が今どこにいるのかは必ず明らかにされていた。

そんな過剰とも言える管理は、ひとえにブランシュネージュであるシルヴィアの身の安全のためであり、前王である父の見舞いの時であっても、シルヴィアの動向はすべて把握されていたのである。

唯一自由になれるのが、あの蒼い森だった。周囲を完全に守られた安全なあの庭だけが、シルヴィアが一人になれる場所だったのである。

それが一日もの間、姿を消していたとしたら——。

「そんな……すぐに戻らないと」

シルヴィアは呆然と呟いた。

あれから一日経っているのなら、シルヴィアがいないことはおそらくわかっているだろう。そして焼け跡からシルヴィアが見つからない以上、目が不自由な彼女がさらわれたと推測されることは必至だ。

あの火事からオスカーは助け出したと言っていた。

もしもその姿を誰かに見られていたとしたら――。シルヴィアの背がすっと冷えた。

オスカーに背を向けて寝台から降りようとするも、すかさず腕を摑まれる。

「お願い、今すぐわたしを国へ帰して」

焦燥もあらわに訴えるも、彼の腕が緩む気配はまったくない。それどころか、彼はひどく冷静に問いかけてきた。

「何故帰る必要がある？」

「な、何故って、わたしが帰らないと、大騒ぎになるわ。それくらい、あなただって――」

「まだわからないのか」

苛立ちを孕んだ声に、シルヴィアは息をのんだ。

「お前はずっとここにいるんだ、シルヴィア。ずっと、俺の傍に」

「そ、そんなこと無理よ。今頃皆わたしを捜してる。もしもここにわたしがいることが知られたら、あなたにも迷惑が……」

言葉尻に被せるように、くっとオスカーが喉の奥で笑った。

「迷惑？　俺が火をつけた張本人なのに？」

「……っ」

端麗な顔に張り付いたぞっとするほど酷薄《こくはく》な笑みが、シルヴィアの喉を凍りつかせた。

――これは、本当にオスカーなの？

蒼い森で、くったくなく笑っていた彼と同一人物だとはとても思えなかった。

「大丈夫だ、シルヴィア。俺の心配をする必要はない」

シルヴィアの双眸に怯えが浮かんでいるのを見て取ったのか、オスカーの表情が少しだけやわらぐ。だが、その笑みはシルヴィアの知るものからはほど遠く、とても安堵を感じられるものではなかった。

「……どう、いう……」

「なぜなら、お前はもうとっくに死んだことになっている。――夕べのあの火事で」

「……え……？　だって、わたしはここに……」

困惑するシルヴィアに、オスカーは続けて言った。

「焼け跡からは遺体が発見されているはずだ。――お前とよく似た背格好の」

「……わたしとよく似た……？」

訝りながら呟く口が途中で止まった。

彼がなにを言わんとしているのか気づいてしまったからだ。

「まさか、あなた……」

全身から血の気が引いていく。よもや彼がそんなことまでするとは思いもしなかった。

彼は、シルヴィアがいなくなったことを隠すために、身代わりを用意したのだ。おそらくは何らかの非道な手段を用いて。

シルヴィアをさらい、その証拠を隠す。ただそれだけのために。

「誰もお前を捜すことはないし、ここにお前がいることを知っている者もいない。――だからお前は安心して俺の傍にいればいいんだ」

微笑みながら、オスカーは呆然としたままのシルヴィアの頬に手を伸ばしていく。

その手が触れる寸前、はっと我に返ったシルヴィアは小さく悲鳴を上げた。

「いやっ……！」

思わず彼の手を払いのけ、顔を背けざまきつく目を閉じる。

怖かった。

目的のためなら、人の命さえ奪うことをためらわない彼を、シルヴィアは心底怖いと思った。

異様な静寂があたりを支配する。シルヴィアは暗闇の中でその声を聞いた。

「そうやって、お前はまた俺を閉め出すのか」

「……え……？」

ゆっくりと瞼を開け、のろのろと顔を上げれば、オスカーが一切の感情を失った双眸でシルヴィアをじっと見ていた。

「そうやって目を閉じて、俺を視界に映さなければ、俺がお前を諦めるとでも思っているのか？」

「……っ」

どくっと心臓が震えた。

彼が再び手を伸ばしてきた。けれど、彼の言葉が耳に残っているせいで、体が凍りついたように動かない。

肩に、彼の手がのせられる。その手にゆっくりと押し倒され、やわらかな寝具に体が沈められていく。

キシリ、とスプリングがきしむ音を聞きながら、体を囲むように覆い被さってくるオスカーを、シルヴィアは呆然と見上げていた。

「――お前が俺と目を合わさないようになってから、俺がどんな目でお前を見てきたか知っているか？」

「……どんな……？」

シルヴィアの記憶に残るオスカーは明るい少年だった。そして思いやりのある、優しい少年だった。少なくとも、こんなふうに息苦しさを覚えるような昏《くら》い双眸をシルヴィアに向けることはなかった。

「お前は知らないだろう？　俺がずっと、どんな目でお前を見てきたか。俺の前では常に瞼を閉ざし、ヴェールで顔を覆い隠してきた清らかなお前には」

どこまでも淡々とした口調に、シルヴィアはぞくりとした。

「俺はずっとお前を見てきた。——お前が俺を見なくなってからも」

「オスカー……」

繰り返す声は穏やかですらあったのに、まるで呪詛《じゅそ》のようにシルヴィアの体にしみこんでいく。

ずっと。そう低く呟いて、オスカーはシルヴィアの頬にそっと手のひらを重ねる。

——違う、わたしが目を閉ざしたのは、これ以上あなたを好きにならないようにするためなのよ。

喉元まで込み上げた言葉を、シルヴィアは必死に呑み込む。

「お願い、わかって。わたしはあなたの傍にはいられない。あなたにだって、それはわかっているはずでしょう?」

出会ったときから決まっていたのだ。

二人の恋にいつか終わりが来ることは。

「オスカー、あなたがしたことは誰にも言わない。だからお願い。わたしを帰して……」

彼の罪はシルヴィアの罪でもあった。だからシルヴィアはこの先、その罪を生涯をかけて償っていく。それがシルヴィアにできる贖罪《しょくざい》だった。

だが、オスカーはシルヴィアが罪を背負うことを許さなかった。

「帰って、そしてまた俺を視界から閉め出し、すべてをなかったことにすると?」

静かな眼差しのままに、オスカーはシルヴィアの頬に重ねていた手をゆっくりと首筋へとすべらせていく。

「それなら、お前が帰れないようにすればいい」

「……帰れない、ように……？」

その言葉が何を意味するのかわからずに、シルヴィアが怯えた眼差しで問いかければ、オスカーがふっと微笑んだ。

「この状況で、わからないか？」

その笑顔を、かつてシルヴィアは何度も見てきた。――初めて四つ葉を見つけたとき。二人で森を歩いたとき。そして別れの朝に寂しさに泣くシルヴィアを抱きしめたとき、ふとした折りに彼は今のように優しく微笑んでいた。

その微笑みのままに、彼はシルヴィアに囁いた。

「純真なブランシュネージュは、男と女が閨《ねや》ですることをご存じないようだ」

「……え……」

「ならば、私が教えて差し上げよう」

やわらかな笑顔とは裏腹な、あざけりとも哀れみともとれる慇懃《いんぎん》な言葉に、シルヴィアは返す言葉もなくオスカーを見つめる。

確かにシルヴィアは、性に関する知識が乏しい。

だがそれは、生涯を清らかな身で神に仕えて過ごすシルヴィアには不要だと、あえてそうしたものから隔絶された生活を送ってきたからだ。

だからシルヴィア自身、知ろうと思わなかったし、そういう機会もなかった。

ただひとつだけ。純潔を失うと、女神に仕える資格を失うと厳しく教えられていた。

どういうことが純潔を失うことなのか、と訊ねたシルヴィアに、大司教は少し考えてから答えた。

『知らずとも、万が一その状況に陥れば、必ずわかります』——と。

言いしれぬ恐怖に、シルヴィアの喉がこわばった。

彼がこれから為そうとしていることは、まさしくそれなのだ。

彼はシルヴィアを祖国に戻さないだけでなく、女神エレオノーラのもとへすら帰さないつもりなのだ。

「オスカー、お願い……」

この先に何が起こるのかわからない不安と恐怖に涙ぐみながら、まるで神に祈るようにシルヴィアは両手を胸の前で組み合わせる。その血の気を失った白い手に、オスカーはやわらかく手のひらを重ねながら微笑んだ。

「そんなに怯えるな、シルヴィア。愛しすぎて——、手ひどく抱いてしまいそうになる」

残酷な言葉は、何故かひどく優しくシルヴィアの耳に響いた——。

『シルヴィア、約束しよう』

別れ際、オスカーはいつもそう言って、寂しがるシルヴィアに口づけた。

その行為は、ヴェール越しにそっと触れるだけの、とても優しいものだった。

だから、オスカーに口づけられるとき、シルヴィアは恥ずかしいと思いながらも幸せな気持ちになれたのだ。

なのに、今与えられている口づけは、まるで違っていた。

押しつけるように唇が重ねられ、悲鳴はおろか、呼吸さえも奪われる。どうしていいのかわからず、苦しさに耐えかねて唇を開けば、それを待っていたかのように舌を入れられた。

「……っ!?」

何が起きたのか、シルヴィアはわからなかった。ざらりとした生温かなものが歯列を割り入り、口内を蠢《うごめ》いている。それがオスカーの舌だと気づいたときには、逃げ遅れたシルヴィアの舌は捕らえられてしまっていた。

やわらかなシルヴィアの舌に、オスカーのそれがねっとりと絡められる。そのなんとも言えない生々しい感覚に怯えて逃げようとするも、見透かしたように舌裏へと忍び込んでつけ根から扱かれる。さらには尖《とが》らせた舌先でやわらかな粘膜《ねんまく》や上顎をくすぐるようになぞられると、ぞくぞくするような痺《しび》れと共に、何故かじんとした疼きがお腹の奥から湧き起こり、シルヴィアはその未知の感覚におののいた。

「ん、やぁ……っ！」

こんな口づけを、シルヴィアは知らなかった。

震えながら、精一杯の力でオスカーの胸を押しても、彼はキスをやめてくれない。それどころか、行為はさらに深さを増して、シルヴィアを翻弄《ほんろう》する。

息が上手くできない。心臓が狂ったように胸を叩いていて、このまま壊れてしまうのではないかと思った。

苦しくて、気が遠くなる。

シルヴィアの抵抗が弱まるにつれ、口づけから荒々しさが消えていく。そうしてすがるように彼の上着を摑むだけになる頃には、シルヴィアは彼の行為を受け入れるばかりになっていた。

やがて銀の糸を引きながら、ゆっくりと彼の唇が離れていく。

「シルヴィア……」

かすれた声に名を呼ばれて、涙の滲んだ目をうっすらと開くと、シルヴィアの知らない男が彼女を見下ろしていた。

――否、そこにいるのは確かにオスカーだ。けれど、こんなオスカーを、これまでシルヴィアは見たことがなかったのだ。

熱を帯びた深青の眸が、まっすぐにシルヴィアをとらえている。その、どこかうっとりとしたような、酔いしれているようなオスカーの表情に、シルヴィアは言いしれぬ不安を感じた。

未だ整わない呼吸のせいで、上手く言葉が出ない。けれどたとえ乱れていなかったとしても、すくみ上がった体では満足な抵抗などできるはずもなく。

「オスカー……やめ、て……」

今にも消え入りそうな弱々しい声で精一杯訴えるも、オスカーの双眸に浮かぶ熱は消えない。それがシルヴィアを求める雄の目だと気づくには、彼女はあまりにも無知すぎた。

欲望を孕んだ眼差しと共に、再びオスカーが身を伏せてくる。

「いや……っん……ぅ、ん」

やわらかく唇を重ねられ、涙が頬に流れていく。

唇の隙間に彼の舌を感じてとっさに閉ざすと、重なる唇越しにオスカーがふっと笑うのがわかった。

熱い舌が、シルヴィアの唇の合わせ目を、そっとなぞっている。そこに先ほどまでの荒々しさはなく、開けて欲しいと優しくお願いしているような触れ方だった。

だからといってそのとおりにできるわけもなく、シルヴィアはますます閉じた唇に力を込める。

そうするうち、不意に下肢にオスカーの手を感じた。薄い夜着越しに彼の手が下肢から腰にかけてのなだらかな曲線をゆっくりとまさぐっている。その、体つきを確かめるような卑猥な動きに呼吸が乱され、たちまち息苦しさが増していく。

「んっ、ん……！」

いや、と喉の奥で叫びながら身を捩って逃れようとしても、脚の間にいつの間にかオスカーの膝を割り入れられていて、腰をわずかに捩らせることしかできない。

焦るシルヴィアの気持ちを煽るように、彼の手が腰から徐々に上がっていく。そして、ためらうことなく乳房へと重ねられた瞬間、反射的にシルヴィアは、あっと声を上げてしまった。

直後、待ちかねていたように口内に彼の舌が滑り込んでくる。

「や、ぁ……ふぁ……っ」

全身を巡る血が尋常でなく熱い。心臓が、狂ったように高鳴っていた。その、今にも壊れそうな心臓のすぐ上に、彼の大きな手が重なっている。

「や……いやぁっ……！　んぅっ、ん……！」

舌を絡めながら、オスカーの手がシルヴィアの膨らみを薄布越しにやわらかく揉《も》んでいる。下からすくい上げながらゆったりと動く彼の手は、シルヴィアの乳房のやわらかさを楽しんでいるようだった。

膨らみをすくい上げながら、指先が先端に触れる。

「ひぁっ」

刹那、触れられた部分から甘い痺れが走った。それは、シルヴィアが生まれて初めて知る感覚だった。

押し転がすようにそろりと撫で、徐々にそこが硬くしこり始めると、きゅっとつまみ上げる。与えられる刺激に身を固くすればするほど、彼は指先に捕らえた果実を執拗に弄《いじ》った。

「ふ……っうん、あ……っあぁ……」

いくら身を捩っても、腕を突っ張っても覆い被さる体から逃れられない。

続けられる深い口づけと、胸の先端から走るじんじんとした感覚に体が熱く火照《ほて》り、次第に頭がくらくらしてくる。

聞いたことのない甘ったるい声が耳をつく。それが、自分が上げている嬌声《きょうせい》だと気づいた瞬間、シルヴィアは自分自身が怖くなった。

「ん、ふぁっ……あ、あぁっ、や……！」

彼に愛撫されるたび、抑えようとしても勝手に喉の奥からあふれてくる。

――いや、こんな……！

どうして止められないのかわからない。自分の体が自分のものでないような感じがして、そのことがシルヴィアはたまらなく恐ろしかった。

こんなことを続けられたら、きっとおかしくなってしまう。

キスをされながら、襟元が緩む気配を感じた。夜着の襟部分を絞っているリボンをほどかれたのだ、と気づくよりも先に、彼の手が肩にかかる。

さら、と布が肌を擦る感覚と共に、夜着の左肩部分が引き下ろされ、シルヴィアはとっさに手を伸ばした。

「……っ、や……いやぁ……っ」

布を握りしめながら必死に顔を背け、オスカーに背を向けるように身を捩る。

「お願い、やめて……！」

やめて、と繰り返しながら、シルヴィアは身を丸めた。まるでそうすれば、オスカーがこの行為をやめてくれるのではないかと信じるように。

だが彼の楽しげな声を聞き、それが誤りだと気づく。

「それで俺の手を拒んだつもりか？」

「……え……や、いやあっ！」

その意味を理解するより先に、背後から夜着の襟部分に手をかけられ、薄い夜着がまるで紙でも破るように容易く引き裂かれる。そのまま夜着どころか下着までも剝ぎ取られてしまい、ろくな抵抗もできないままに、シルヴィアは一糸纏わぬ姿にされてしまっていた。

「いやあっ、見ないで、見ないで……！」

シルヴィアはシーツに体を埋めるように身を縮こまらせながら、両手で体をきつく抱きしめる。

けれどそんなあらがいで、オスカーの目から体を隠すことなどできるはずがなかった。

覆うもののない無防備な体をオスカーに見られている。顔を背けていても、全身に彼の視線を感じた。

恥ずかしすぎて、このまま消えてしまいたかった。なのに、肩に手をかけられたかと思うと、オスカーに強い力で体を仰向けにされてしまう。

「や……っ」

とっさに身を捩ろうとするシルヴィアの脚の間に、オスカーが再び膝を割り入れる。

そうした上で彼は身を起こすと、もはや両手で胸を隠すことしかできないシルヴィアを視界に捉えたまま、おもむろに自らの着衣に手をかけた。

ばさりと音を立てて脱いだ上着が、寝台の隅にうち捨てられる。緩められたタイが無造作に引き抜かれ、白いシャツのボタンが、片手で次々と外されていく。その様を、シルヴィアは震えながら見つめることしかできない。

「男が脱ぐのが興味あるのか？」

シルヴィアの眼差しの意味がわかっているはずなのに、オスカーはからかうように言うと、肌から引き剝がすように乱雑にシャツを脱ぎ捨てた。

上半身を覆っていたものをすべて捨て去ると、オスカーは再び緩やかに身を伏せながらシルヴィアへと手を伸ばす。

「お願い、も……やめて……」

「やめてって、まだ何も始まってないだろう」

くすりと小さく笑みを零すと、オスカーは涙ぐんでいるシルヴィアの胸元を覆う手をやんわりと摑んだ。

「いやぁ……！」

あらがう両手を難なく開かれ、顔の両脇に縫い止められる。彼の青い目に、自分の姿がどう映っているのかと思うだけで、恥ずかしさで心臓が壊れてしまいそうだった。

「っ、は……離して……っ」

「——お前の体はどこもかしこも白いが、ここだけはかすかに色づいているんだな」

「……っ」

彼の呟きの意味を理解した瞬間、シルヴィアはさっと頬を赤らめた。

腕にあらん限りの力を込めてもびくともしない。かえってそうやって抵抗するたび、小ぶりではあるが形の良い膨らみが卑猥に揺れてしまい、シルヴィアの羞恥心を煽った。

「恥ずかしい？」

抵抗をやめた途端、くすり、と揶揄混じりに訊かれて、シルヴィアの赤みを帯びた頬がさらに色づく。

そもそもシルヴィアは幼い頃はともかくとして、成長してからは身の回りの世話を焼くアデルにさえ肌を見せたことはない。さらにはヴェールや裾の長いローブですべての肌を隠すことが常のシルヴィアにとって、一糸纏わぬこの状況は明らかに異常だった。

だがこれはまだ序の口だと、シルヴィアは思い知らされることになる。

「大丈夫だ、シルヴィア。すぐに恥ずかしいなんて考えられなくしてやる」

端麗な美貌に甘い微笑みを浮かべたオスカーが緩やかに唇を寄せてくる。

それを受けたくないと顔をとっさに背けると、首筋をぬるりとしたものが這うのを感じて、シルヴィアはひっ、と息をのんだ。

「い、いや……ぁっ」

無防備な細い首筋を、唾液を含んで濡れた舌が、卑猥な筋を残しながら下っていく。

何度も繰り返しなぞられるたび、ぞくぞくと走る甘い痺れに体が勝手に反応してしまう。

不意に、ちりっとした痛みが走った。彼が首筋の肌をきつく吸い上げたのだ。

「肌が白いと目立つな」

唇を離したオスカーが満足げに呟くが、シルヴィアにはその意味がわからない。

「なにを……してる、の……？」

「ん？　ああ、俺のものだっていう印をつけたんだ。――こうやって」

「あ、ん……っ」

鎖骨付近を強く吸われ、先ほどと同じ痛みに体がこわばる。

その反応にオスカーは端麗な唇に笑みを浮かべると、再び肌に唇を這わせ始めた。

口づけは乳房の丸みをたどりながら、徐々にその中心へと向かっていく。

「や……、オスカー……っ」

思わず名を呼ぶと、オスカーはちらりと目線をシルヴィアへ向けた。

「……っ」

彼は涼しげな双眸にやわらかな笑みを浮かべると、シルヴィアを見つめたまま淡く色づいた小さな果実を口内に含んだ。

「ひぁっ……！」

直後、胸の先端からほとばしる甘い刺激に、シルヴィアは大げさなほど背をしならせた。

口内に含まれた先端に、彼の舌が絡みついている。ぬるりとした生温かいものにねっとりと舐《な》め転がされる淫靡な感覚は、指で触れられていたときよりもずっと強く、シルヴィアは高くあえいだ。

「や……いや、ぁあっ……！」

必死に両手に力を込めるも、押さえつけられた手首はまるで動かず、むしろシルヴィアが抵抗するほどに、オスカーの愛撫は熱を増していく。

彼の舌の動きに呼応するように、幼い蕾は淫らに色づき、ますますその身を硬く尖らせていく。じんじんと疼くそこを舌の先で強く弾かれ、不意打ちにぐりぐりと押しつぶすようにされると、そのたびにシルヴィアは涙で頬を濡らしながら、はしたなく悶《もだ》えた。

「いや、あっ、あ……！」

どんなにもがいても逃げられない。絶え間なく続けられる胸への愛撫に、シルヴィアの息が瞬く間に上がっていく。

やがて押さえつける手が外され、愛撫されていない方の乳房に彼の大きな手が被さる。

「あっ、やぁっ……！」

円を描くように揉まれながら、すくい上げられた膨らみの先端をつままれる。かと思う

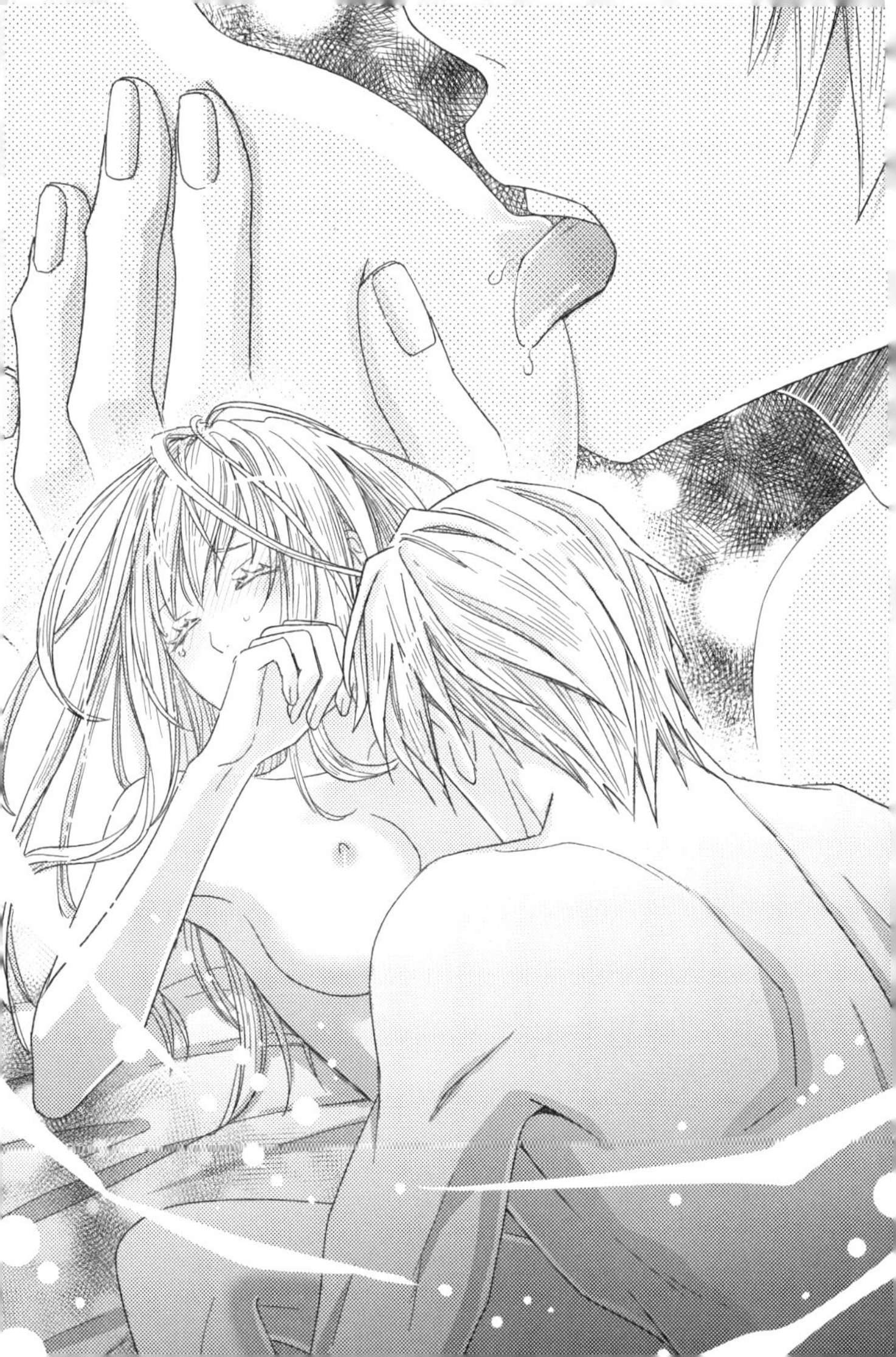

と熱い口内に含まれてねっとりと舐めしゃぶられ、吸い上げられる。そのあまりにも卑猥な行為の連続はシルヴィアの全身を甘く痺れさせ、彼女の抵抗を力ないものにさせた。

じくじくとお腹の奥が疼いている。胸を愛撫されているはずなのに、直接刺激を受ける場所以上に、遠く離れたそこに甘い熱が溜まっていく。

オスカーの触れる場所すべてが熱い。体中が熱く火照っていて、侵食する熱で脳までもがどろどろに溶けていくようだった。

こんなことを続けてはいけないと頭ではわかっているのに、止めることができない。

これは、女神への裏切りだ。

このままでは、本当にエレオノーラのもとへ帰ることができなくなる。

「オスカー、だめ……もう、これ以上は……んぅっ……」

絶え絶えの息の下で懸命に懇願するも、もう何も言うなとでも言わんばかりに、唇を塞がれてしまう。

胸をもみくちゃに揉まれながら唇をむさぼられ、震える舌が侵入者に追い詰められる。絡めとられ、きつく吸われる衝撃にびくっと背をしならせると、それをきっかけにしたように胸を愛撫していた手が下り始めた。

脇腹を撫で、腰を下りた手がやわらかな太ももをまさぐる。

その指先が内ももを這い上がり、その奥へと触れた瞬間、シルヴィアは腰を跳ね上げた。

「ひあっ……!?」

信じられなかった。あろうことか、彼はシルヴィアの陰部に触れたのだ。

それもただ表面に触れるだけでなく、亀裂の奥に指を埋めて上下に這わせている。

彼の指が動くたび、びりびりと鋭い痺れが下肢を襲う。その甘い疼きはシルヴィアをあえがせると同時に激しく混乱させた。

「あぁっ、いや……どうして、そんなところ……っ」

シルヴィアにとって、彼が今触れている場所は不浄でしかない。シルヴィア自身ですら湯浴みの時以外には触れない場所を自分以外の者にまさぐられる行為は、とうてい受け入れられるものではなかった。

しかも漏らした覚えもないのに、彼が指を動かすたびに粘着質な水音が聞こえてくる。

「おねがい、いや……っ、あなたの手が、汚れ……っ」

必死に訴えるその言葉に、オスカーが手を止めた。

「汚れるって……まさか、自慰《じい》をしたこともないのか？」

「……じ、い……？」

頬を赤らめるでもなく、困惑気味に今聞かされたばかりの言葉をたどたどしく繰り返すシルヴィアを、オスカーはかすかに驚いたように見つめる。

「……本当に、何も知らないんだな」

そう呟いたオスカーの表情はとても優しくて、まるでシルヴィアが無知であることに安堵しているようでもあった。

「ひ、あ……っ」

陰部に埋められていた指が再び秘裂をなぞり始め、シルヴィアは小さく悲鳴を上げる。

「あぁっ、オスカー……っ」

「交合の意味は知らなくても、体はわかっているんだな」

呟きながら、オスカーはシルヴィアに覆い被さる。

唇を塞ぎ、ねっとりと舌を絡ませながら、秘所に埋めた指で蜜をかき混ぜる。

「ふぁ……ヤ……いやぁっ……」

シルヴィアが必死に下肢を閉じようとすると、オスカーの脚がそれをさらに大きく割り開き、あらわになった陰唇の谷間を攻め立てる。

蜜を塗り広げるように谷間をなぞる指が、シルヴィアさえ知らない場所を暴《あば》いていく。どうしてそこに彼が触れるのか、その理由がシルヴィアにはわからなくて、泣きながら拒絶を訴えれば、不意に胸の先端が甘い刺激に包まれた。

「あ……っ」

反射的に小さく悲鳴を上げ、思わずそこへと視線を向ければ、あまりにも淫らな光景が広がっていた。

陰部に触れていない方の彼の手が、膨らみを強調するように寄せあげている。そのやわらかな丘の頂上でつんと立ち上がっている乳頭に、彼の端正な唇が吸い付いていた。

ちゅ、ちゅぷ、と卑猥な音を立てて愛撫していたかと思うと、尖らせた舌の先に乳頭の先端をくじられる。

「いや、だめぇ……」

震える手で彼の肩を精一杯押すもその甲斐なく、じくじくと疼く乳首を、まるであめ玉を転がすようにもてあそばれる。そうして不意にきつく吸い上げられると、甘い衝撃と共に今まさに彼に弄られている秘裂から、じゅんと熱いものがあふれた。

「あっ……」

それは、失禁とは違う感覚だった。

――今のは何……？

シルヴィアの戸惑いにオスカーが気づいた。

「女は快楽を得ると、今みたいになる。お前は今、俺の愛撫に感じてるんだ」

「……う、そ……」

快楽という感情は、官能的な欲望の満足から生じるものである。その淫らな感情を自分が抱いているのだと突きつけられた衝撃に、シルヴィアは愕然《がくぜん》とした。

「そんなこと、あるはず……っ、あっ、あぁ……やめ、あ……！」

だが与えられ続ける刺激に、否定の言葉は嬌声へと変えられてしまった。

亀裂に沿って犯されるたび、堰《せき》を切ったように後から後から熱いものがあふれてくる。

全身が火照り、息づかいが荒くなる。蜜をかき混ぜる淫音は今や耐えがたいほどに大きくなっており、静かな寝室の中にはシルヴィアの甘ったるいあえぎ声と、粘着質な水音だけが響き渡っていた。

「おねが、やめて……やめ……あっ、ああっ」

止むことのない愛撫に翻弄されながら、それでもシルヴィアは必死に訴える。

おかしくなりそうだった。

――怖い。

身の内の熱が膨れあがるに従い、徐々にそれまでとは違う感覚がシルヴィアの中に湧き上がっていく。得体の知れない何かが迫ってくるような、そんな漠然とした不安にも似た感覚が。

「やだ、オスカー……、こわい……いや……」

怯えて泣くシルヴィアに、オスカーは優しく微笑む。

「大丈夫だ、シルヴィア」

なだめるように言いながらも、オスカーは手の動きを止めない。ぬめりを纏った指がなめらかに這うたび、意思とは裏腹に体が勝手にびくびくと震え、次第に頭の奥が霞がかったようになってくる。

大丈夫じゃない。こんなの大丈夫なわけがない。なのに、制止を訴えようとする口から出るのは、卑猥に濡れた声ばかりで、言葉にさえなっていない。

確実に迫ってくる何かに追い詰められるさなか、涙で滲んだ視界でオスカーを見上げれば、熱を孕んだ双眸と視線が繋がった。

その瞬間、シルヴィアの中で膨らみ続けていたものが一気に弾けた。

「……や、いや、ああっ、あ……あぁ……っ！」

どくっ、と激しく心臓が波打ち、目が眩むようなまばゆい世界に呑み込まれる。

体の奥に溜まっていた熱の塊が、全身を貫いていく。その衝撃はシルヴィアの体から力を奪い、代わりに甘い余韻を残していった。どくどくと心臓が激しく胸を打ちつけ、呼吸さえままならない。

一体何が起きたのか理解できずに、シルヴィアが呆然と四肢を投げ出していると、その様を見ていたオスカーが満足げに囁いた。

「ちゃんといけたな」

「……い、く……？」

「ああ。すごくかわいかった」

端麗な美貌に甘やかな笑みを浮かべながら、オスカーはシルヴィアに唇を重ねた。

頰を伝う幾筋もの涙が、上気した顔を濡らしていく。

「やぁ……、オスカー……」

「……ずっと、聖女の仮面を脱いだお前が見たかった……」

口づけの合間に、オスカーはうっとりと囁きながら、再び秘裂をなぞり始める。

「快感に鳴く、淫らなお前が見たくて……」

「あ、んっ」

ぬち、と彼の指が秘められた谷間の奥へとうずめられる。

その違和感とかすかな痛みにシルヴィアが顔をしかめると、オスカーはうずめた指を緩やかに動かしながら囁いた。

「わかるか？　ここが俺とお前が繋がる場所だ」

言いながら、シルヴィアが意識するようにゆるゆると指を抜き差しする。

そこが膣であることはシルヴィアも知っている。月に一度、月経によって経血が伝い流れることも。そして、その奥には子宮があり、ここに子が宿るのだとアデルに教わった。

だが、シルヴィアが知るのはそれだけだ。

だから、オスカーに言われる場所が子を宿し育むための臓器であることは知っていても、どうすればそこに子ができるのかということまでは知らなかった。

そしてそのことは、先ほどの反応でオスカーは既に理解しているのだろう。彼は一旦膣から指を引き抜くと言葉を続けた。

「これが今からお前の中に入る」

「……こ、れ……？」

手をとられ、オスカーの下腹部へと導かれる。

何かが手のひらに触れた。硬い棒のようなそれは、布越しにもひどく熱を帯びているのが伝わってくる。

——何……？

彼の体のどこを触らされているのかわからずに、困惑しながら乏しい視力でその部分へ目を向けたシルヴィアは、今まさに自分が触れているものを見てぎょっとした。

あろうことか、シルヴィアの手はオスカーの男性器を包むように触れていたのだ。

「いやあっ！」

甲高い悲鳴を上げながら、弾かれたように手を引っ込める。手のひらに残る生々しい感触に、全身ががくがくと震えた。

怯えるシルヴィアを熱の籠もった目で見つめたまま、オスカーはトラウザーズの前部分をくつろげていく。

どうしようもなく怖かった。

その未知への恐怖で鼓動が激しく乱れ、呼吸が引き攣れたようになる。だが今は息を整えることなどどうでもよかった。

シルヴィアはお尻でずり上がるように後ずさると、そのまま彼に背を向けて、震える四肢で這うように逃げる。

「だ、だれか……」

救いを求める声は、あまりにも頼りなく震えていた。

けれど必死の逃亡が叶うはずもなく、こわばる足首が彼の手に捕らえられる。

「ひ……っ」

悲鳴を上げる暇もなく体を引き戻され、仰向けに返されてしまう。

「逃げられるとでも？」

「……っ」

低く囁いた彼の美貌には、ぞっとするほど艶やかな笑みが浮かんでいた。

どうあっても彼はやめてくれないのだと悟らざるを得ない状況に、シルヴィアの涙で濡れた双眸が絶望に染まった。

「や……っ、いや、いや……！」

泣きじゃくりながら両手を振り回してがむしゃらに暴れ、覆い被さるオスカーを打ちつける。

「お願い、やめて……やめて……！」

だが、そんなあらがいもむなしく、掴まれた両手をひとまとめにして頭上に上げられ、彼に片手で押さえられる。

さらに両脚を割り入った男の膝に大きく開かされれば、シルヴィアは一切の抵抗の手段を奪われてしまった。

「ヤ……いや……いやぁ……っ、んぅ……！」

覆い被さられ、唇を重ねられる。たちまちねじ込まれた舌に翻弄されながら、それでも両手にあらん限りの力を込めてあらがうも、まるで動かせない。

脚の付け根へと滑り込んだもう一方の手が、やわらかな陰唇を割り開いて秘所をまさぐり始める。

「ううんっ、ん、ああっ……！」

秘裂の形を確かめるようにすべる指が、固く閉じた隘路をかき分けながら埋められていく。ゆるりとした抜き差しを始められると、先ほど感じたのと同じ異物感に、シルヴィアはくぐもった悲鳴を上げた。

「んく、あ……っ、やぁっ」

ゆっくりと出し入れされるからなのか、彼の指の動きを生々しく感じてしまう。

秘裂をなぞられていたときのような鋭い感覚こそないものの、この状況ではそんなことは何の慰めにもならなかった。

やがて指の数が増えたのか、挿入されるときの違和感も強くなり、狭い中を無理やり押し開かれるのがありありと伝わってくる。

「オスカー、痛い、いや……」

「ゆっくり息をするんだ。体がこわばっていると、痛みが強くなる」

それならいっそやめて欲しいと思うのに、彼はその選択肢はくれない。

嫌がるシルヴィアをなだめすかしながら、オスカーの指は固くこわばった女陰をほぐしていく。

消えない異物感と鈍い痛みに浅くあえいでいると、不意に乳首に吸い付かれた。

「ふあ……っ」

突然甘ったるい刺激を与えられた驚きで、シルヴィアの意識が下肢から逸れる。

彼の濡れた舌がやわらかな蕾を舐め転がし、再び硬く尖らせていく。ジュ、と唾液と共にきつく吸い上げられると、たまらない疼きが体の奥からほとばしるのと同時に、彼の指を呑み込まされている膣から熱い蜜がどっとあふれた。

「やっぱり、ここを弄られるのが好きみたいだな」

くすりと笑う声に続いて、集中的に乳首を愛撫される。

「あっ、いやっ、あっ、あ、んん……っ」

ちゅく、じゅぷ、と卑猥な音を立てながら、彼の端正な唇がシルヴィアの乳首を嬲る。そうされながら秘孔に埋められた指を出し入れされると、恥ずかしいほど蜜があふれ、それまで異物感しかなかった膣壁が、徐々に熱を帯びていくのがわかった。

「……いや……オスカー……っ、あ、ああっ……」

オスカーが抽送するたび、熱は確実に高まり、シルヴィアは再びあの何かが迫ってくるような感覚を覚えた。

「や……いや、やめて……怖い、いや……！」

その果てにあるものを、シルヴィアはもう知っている。

自分の体が自分のものでなくなってしまうあの衝撃を、もう二度と味わいたくない。

「いやっ、ああっ、あぁっ、あぁぁ……っ」

ぐちゅぐちゅと粘り気のある水音がひっきりなしに聞こえる。その音に呼応するように、シルヴィアの声が艶を帯びていく。そんなはしたない声など出したくないのに、勝手に喉の奥からあふれてしまうのだ。

与えられる愛撫に、拒絶する心とは裏腹に体は貪欲に快感を拾い集め続けている。

やがてそれがいっぱいになってあふれ出した瞬間、シルヴィアは彼の指をきつく締め付けながら淫らに達した。

ぐったりと四肢を投げ出し、放心したまま薄暗い天井を見上げていると、力を失ったままの下肢に、オスカーの手が触れた。

「……んっ」

上り詰めた余韻が残る肌に触れられて、思わず鼻に掛かったような声が漏れる。

その反応にオスカーはうっすらと微笑んだ。

「……天使を堕天《だてん》させる悪魔の心境とは、こういうものかもしれないな」

独りごちながら、オスカーはシルヴィアの膝裏に手を添えて割り開く。

「……あ……っ？」

しとどに濡れた下肢の中心に、何かが触れた。

熱く、なめらかな質感のそれが、陰裂に沿ってゆるゆると上下に動いている。

その刺激にひくんと腰が揺れると共に、シルヴィアは意識の定まらない眼差しをぼんやりと向け――一気に覚醒した。

「ひ……」

割り開かれた陰部に赤黒い棒のようなものがあてがわれている。華奢なシルヴィアの手首よりも太いそれは、元をたどるとオスカーの下腹部へと繋がっていた。

それが、先ほど触らされた彼の男性器だと気づき、その凶悪とも言える姿形に、シルヴィアはみるみる青ざめた。

「い、いや……おねがい、お願いオスカー……」

萎縮《いしゅく》した声帯のせいで懇願する声がかすれてしまう。

この状況では、いかにシルヴィアが無知であろうとわからないはずがなかった。

それをされてしまったら、もう後戻りできなくなる――。

がくがくと震えながら後ずさろうとするも、膝裏に添えられた手にぐっと押されて、胸につくほど脚を押し上げられてしまう。

純白の恥毛がわずかに覆うだけの、穢れを知らない秘所があらわになる。だが、この時のシルヴィアは、恥ずかしさよりももはや強い恐怖しか感じなかった。

「……お願いだから、やめて……！」

泣きながら哀願するシルヴィアを見つめるオスカーの端麗な顔が、ほんの一瞬苦しげにゆがんだ。

だが、たちまちのうちに苦悩は消え、決意にも似た眼差しと共に彼は告げる。

「許して欲しいとは言わない。――だから、俺のところに堕《お》ちてこい、シルヴィア」

蜜口を覆っていた彼の男性器が、ぬぷりとめり込んだ。

「ひっ、あぁぁっ！」

儚い願いが打ち砕かれた瞬間、身を引き裂かれるような痛みが走り、シルヴィアはあごをのけぞらせて高く悲鳴を上げた。

指を入れていたときの異物感など比較にもならない激しい痛みに、シルヴィアの双眸からぼろぼろと涙があふれる。

「いやあっ、い、た……痛い……っ」

苦悶に顔をゆがめ、泣きじゃくりながら、身の内を貫く痛みから逃れようとオスカーの胸に必死に腕を突っ張る。

「やめ……おねが……っ、あ、ああ……！」

「力を抜け、シルヴィア……」

そう言うオスカーの息は少し乱れていたが、そんなことに気づく余裕などあるはずもなく、シルヴィアは頭を振る。

「できな……っ、も……んぅ……」

身を伏せてきたオスカーに口づけられ、舌が滑り込んでくる。

唾液の音を立てながら舌を絡められ、舌裏や上顎のくぼみをくすぐられると、自然と緩い吐息が漏れると共に、こわばった体から力が抜けていく。そのせいか、膣を苛むきしむような痛みも少しだけやわらいだような気がした。

「そうだ、それでいい……」

重ねられた唇越しに、オスカーが優しく囁く。

口内への愛撫を続けながら、再びオスカーは少しずつ腰を沈めていく。

彼の行為は決して乱暴ではなく、むしろシルヴィアの体を気遣うようなゆっくりとしたものだった。それでも感じる圧迫感に変わりはなく、シルヴィアはか細い悲鳴を上げながら、押し入ってくる彼を受け入れることしかできない。

「……っ、シルヴィア……わかるか」

熱い吐息混じりにオスカーが言った。

膣を埋め尽くす熱の存在と密着した肌が、事実をシルヴィアに告げていた。

今この瞬間、シルヴィアは純潔を失ったのだと。

「……こんな、ひどい……」

艶を帯びた美貌を涙で濡れた眸で見上げながら、シルヴィアは強くなじった。

どうしようもなく悲しかった。ブランシュネージュとして生きていくことを、心から望んでいたわけではないけれど、それでも大聖堂での穏やかな暮らしがこの先もずっと続いていくのだと思っていた。

だがその安寧は、シルヴィアが淡い恋心を抱く相手によって、無残に散らされてしまったのである。

「もう、やめて」

下腹部がじくじくとした痛みを訴えていた。けれど体よりも心の方がずっと痛むことがあるのだと、シルヴィアは初めて知った。

「これで、あなたの願い通りになったのでしょう……？　だったらもう……」

シルヴィアは純潔を失った。清らかなブランシュネージュは、もうここにはいない。

それがこんなにも悲しいことだと、シルヴィアは失ってみてようやく気づいたのだった。

「これで終わったと思っているのか？」

なのに、彼の口から出た言葉は、さらにシルヴィアを残酷に打ちのめすものだった。

「え……」

シルヴィアは呆然とした。

彼が言うとおり、シルヴィアはもうすべてが終わったと思っていたのだ。

言葉が出ない彼女を組み敷いたまま、オスカーは薄く笑った。

「残念だが、これは始まりに過ぎない」

言い終えると同時に、オスカーの手がシルヴィアの細い腰を掴み、抽送を始める。

途端、身を襲うひりつく痛みに、シルヴィアは顔をゆがめた。

「いや……っ、痛……あ、ああっ……いや、あ……！」

彼の動きは緩慢ですらあるというのに、痛みが強すぎて、拒絶する声が震えてしまう。

蜜で濡れているとはいえ、拓《ひら》かれたばかりのシルヴィアの膣にとって、彼の怒張《どちょう》した性器はまさしく凶器でしかなかった。

その狭い路《みち》を、彼の昂りが引いては押し開く行為を繰り返す。苦痛にあえぐシルヴィアに唇を重ね、乳房をやわらかく揉みほぐしながら。

痛みと快感の狭間で、シルヴィアの意識が次第に混濁していく。

「あっ、ああっ、あぁっ……」

揺さぶられ続けるうち、徐々に膣に熱く痺れるような感覚が生まれ始めた。

その痺れは、次第に甘い疼きへと変わり、やがて明確な快感としてシルヴィアの内部をとろけさせ始める。

特に膣の前面を擦られると、その感覚はいっそう強まった。

蜜がどっと増え、漏れる声が艶めいてくる。

「ふあ……っ、あぁっ、いや……」

「ああ、ここが気持ちいいのか」

くすり、と艶笑混じりに囁かれて、シルヴィアは羞恥に耐えながら頭を振るも、狙い澄ましたようにそこを突かれる。

「ああっ」

たまらずに甘ったるい嬌声を上げてしまうと、オスカーの笑みが深まった。

「体はお前と違って素直だな。中が喜んでうねっている」

「ちが……あっ、やあ……そこ、やぁっ……」

ぐちゅぐちゅと淫猥な水音がシルヴィアの聴覚を穢《けが》し、辱める。

「すごいな。したたるほどあふれてる」

「っ、言わな、で……」

恥ずかしさと情けなさでいたたまれず、赤らんだ頬を隠そうと顔を背ける。だが、そんな抵抗に煽られたのか、オスカーの腰の動きが速まった。

「ああっ、あんっ、あぁ……！」

シルヴィアが甘い声を上げる箇所ばかりが執拗に擦られる。

本気で気が狂いそうなほどに、シルヴィアは彼に与えられる愛撫に感じてしまっていた。

やがてその快感の中に、違うものが混ざり始める。

子宮の奥から膨れあがる、自分ではどうにもできないその感覚に、シルヴィアは恐れおののいた。

「やめ……っ、あ……いやぁ……っ」

シルヴィアの身の内の変化に、オスカーも気づいたのだろう。

腰を摑んでいた手を離し、膝裏に内側から腕をくぐらせる。そのまま寝台に両手をつけば、押し上げられる下肢につられて自然と尻が浮き上がった。そのあられもない体勢に、シルヴィアは息苦しさも忘れて悲鳴を上げた。

「こんな、いやぁっ、あっ……あぁっ」

だが身を捩るよりも早く、がつがつと腰を打ちつけられ、シルヴィアの抵抗はたちまち封じられてしまう。

先ほどよりも深く挿入される昂りに子宮を突き上げられ、快感とも痛みともつかない感覚に襲われる。そのさなかにも確実に追い詰められていく焦燥に、シルヴィアは涙で頬を濡らしながら何度も首を打ち振った。

息が熱い。体中がどうしようもなく熱くて。

硬いものに奥深くまで穿たれるたび、理性を堕落させる甘美な快感に脳の髄までが侵されて、我を忘れて叫んでしまいそうになる。

――もっと、と。

「こんな、だめ……おかしく、な……」

「もっとだ、シルヴィア。もっと狂ってしまえ」

荒い息のもと、端麗な美貌に妖艶さを滲ませたオスカーが、上気した肌に汗を浮かべながら嬉しそうに告げる。

「もっと狂って、何もわからなくなればいい」

体の両脇についていた手が、抽送に合わせて卑猥に揺れる乳房を鷲掴《わしづか》みにする。

「ひ……ああ、っん!」

荒々しく柔肉を揉みしだかれ、搾るように乳首を根元から扱《しご》かれる。乱暴ですらある愛撫にもかかわらず、その行為を脳は快感として捉え、シルヴィアは真っ白な喉をのけぞらせてよがり泣いた。

「や……ああっ、あぁ……っ」

どんなに理性に訴えようとしても、強制的に与えられる快楽にシルヴィアがあらがえるはずがなかった。

体の奥深くから、何かが津波のように押し寄せてくる。

「シルヴィア……っ、シルヴィア……！」

彼もまた、何かに急き立てられるように荒々しい律動でシルヴィアを攻め立てる。

深く、強く奥を抉るように突き上げられるたび、シルヴィアの瞼の裏に火花が散った。

またあの感覚が来る――。

「いや……だめ、あっ、ああ……や、あ……っ」

「ああ、いけ……！」

まるでその声に誘われるように、急速に上り詰めていく。

大きな波に、心と体がさらわれていく――。

「いや、いや……あっ、ああっ、あ――……っ」

子宮から全身に官能の波紋が広がり、シルヴィアは高く嬌声を上げながら身をしならせた。

頭の中が真っ白になって、何も考えられない。理性が引き剝がされて、本能が貪欲にオスカーを求めて蠢く。その甘美な責めはオスカーを追い詰めるのに十分だった。

「……は……っ」

シルヴィアを穿つ動きが止まり、熱い吐息と共に彼の腰がぶるりと震える。二度、三度とそれが繰り返されると、じわりとお腹の奥に温かいものが広がっていくのが感じられた。

「……あっ……？」

怯えたようにオスカーを見上げる。彼は息を乱しながらも、艶やかな笑みを浮かべてシルヴィアを見つめていた。

「……いまのは、なに……？」

「精だ」

「……せい……？」

「子を成す行為、とでも言えばわかるか？　女は子宮に男の精を受けると子を孕《はら》む。——丁度、今のお前のように」

「え……」

オスカーの言葉の意味を理解するにつれ、シルヴィアの顔が青ざめ、淡い紫の双眸が驚愕に見開かれていく。

「う、そ……」

弱々しく頭を振って、すべてを否定しようとする彼女に、オスカーは言った。残酷な微笑みと共に。

「俺の子を孕め、シルヴィア」

「……っ」

「俺の子を孕んで、そしてずっと俺の傍にいるんだ——この、鳥籠《とりかご》の中で」

そう言って、彼は再び腰を動かし始めた。

「……っあ、いや、あっ、ああ……！」

未だ衰えを知らない怒張が、破瓜《はか》を終えたばかりの隘路を再び蹂躙《じゅうりん》し始める。

欲望のままに突き上げながら、苦しげにあえぐシルヴィアに身を寄せると、オスカーはひどく甘ったるく囁いた。

「シルヴィア、子どもの頃の約束を覚えているか？」

「……やく、そく……？」

「子どもの頃、約束しただろう？　いつか、お前のすべてを俺がもらうって」

覚えている。あれは、シルヴィアが初めて四つ葉のクローバーを見つけた日に、オスカーと交わした約束だ。

だがそれは無知なシルヴィアに色々なことを教えてくれるという意味ではなかったのか。

「あの日の願いが、やっと叶ったよ、シルヴィア」

「……あ……っあぁ……！」

体を反転させられ、後ろから腰を摑まれる。ずぷり、と己の欲を再度めり込ませながら、熱っぽくオスカーは囁いた。

「やっと、お前のすべてを手に入れた――」

「あんっ、あ……っ、あっ、いやぁっ！」

がつがつとやわらかな尻に熱い肌をぶつけられ、シルヴィアは泣きながら嵐のように襲い来る快楽を堪え忍ぶ。

痛みはもうほとんど感じなかった。そのことがよりいっそうシルヴィアを絶望的な思いにさせた。

誰に救いを求めたらいいのかわからなくて、シルヴィアはシーツを力一杯握りしめる。シルヴィアの体はもうオスカーのなすがままだった。

「愛してる……愛してる、シルヴィア……」

突き上げに合わせて儚げに揺れる白い膨らみを揉みしだきながら、オスカーは酔いしれたように愛を囁き、繰り返しシルヴィアの中に熱い奔流を注ぎ込む。

立て続けの絶頂に耐えきれずにシルヴィアが泣いて許しを請うても、それは彼の欲望を煽るばかりで、救いにはならなかった。

長い、長い夜だった。

何度も果てを見て、気が遠くなった。けれどそのたびに無理やり意識を呼び戻されて、シルヴィアはオスカーに犯され続けた。

時計の針が夜更けを指す頃には涙も涸《か》れてしまい、朦朧とした意識の中でただ淫らに鳴いていた。

やがて空が白み始める頃、仰向けに組み敷かれて幾度目かの絶頂を迎えた後、ようやくシルヴィアは眠ることを許された。

けれど、もはやそれは眠るのではなく、気を失うと言った方が正しかっただろう。

それでもようやく得られたつかの間の安息に、シルヴィアは心からの安堵を感じながら身をゆだねたのだった――。

明けの明星《みょうじょう》が朝の訪れを告げる中、薄明るく染まり始める寝台の上で、オスカーはシルヴィアの寝顔を眺めていた。

ずっと泣いていたからだろう。目尻が赤く染まって、長いまつげも涙に濡れている。

長い一夜から解放されて、ようやく休息を許されたせいか、深く眠る表情は思いがけずあどけなく、見つめるオスカーにやわらかな笑みを浮かべさせた。

身を起こして、シルヴィアの膝裏と背に手を差し入れると、オスカーは彼女の華奢な肢体を抱き寄せた。

ふと何かに気づいたようにオスカーは視線を下ろす。

真っ白なシーツの上。——丁度、シルヴィアの腰があったあたりに、小さな赤い染みがあった。

紛れもない、彼女が純潔であったしるしを認めて、オスカーは目を細める。

長年抱いていた懸念がその瞬間消えると共に、オスカーの胸に強い感情が込み上げた。

——ようやく彼女のすべてを手に入れたという、無上の喜びが。

シルヴィアを陵辱したことに、後悔は微塵もなかった。

それどころか、何も知らない無垢な体を組み敷き、繰り返し欲を注ぎながら、オスカーはかつてないほどの渇望を彼女に感じていた。

――まだ足りない。もっと、もっと彼女が欲しい。

その飢えはシルヴィアを抱くほどに強くなり、その欲求を満たすべく、気づけば夜通し彼女を犯し続けていた。

この欲望は昨日今日で生じたものではない。もう、ずっと以前から抱き続けていたものだ。おそらくは、あの蒼い森で二人で笑い合っていた頃から。

オスカーがシルヴィアに対して淫らな想いを抱いていたことを、もしもあの頃の彼女が知っていたらと考えると、彼の口元に皮肉げな笑みが滲む。

「――俺も、フリードリヒと同類だな」

彼の魔の手から守ると言いながら、その実シルヴィアを抱きたいという欲望をひた隠して、高潔なナイトを演じていたのだから。

だが、それも終わった。

今夜のことでシルヴィアは思い知らされただろう。オスカーが彼女の守護者ではなく、ただの卑劣《ひれつ》な略奪者でしかないことを。

もうあの頃のように、彼女が笑いかけてくれる日は来ないかもしれない。だが、それでも構わなかった。

「シルヴィア……二度と、国へは帰さない」

呟き、眠るシルヴィアの唇に口づけて、オスカーは寝台から立ち上がる。

ぐったりと力を失った体は、一昨日初めて抱き上げたときと同様にひどく軽い。

その原因に思いを馳せてオスカーはつかの間表情を曇らせる。だが、すぐに一切の感情を振り切るように一度頭を振ると、二人の汗ばんだ肌を清めるために湯殿へと向かった。

第五章　鳥籠の中の虜囚

　それからも夜が訪れるたび、オスカーはシルヴィアを抱いた。

　離宮に閉じ込められ、ただ女神に祈ることしかできないシルヴィアをオスカーは抱き上げて寝台へ連れて行くと、震える体を何度も拓《ひら》いた。

　シルヴィアとて黙って言いなりになっていたわけではない。

　これ以上身を穢されるくらいならと命を絶とうともした。だが、ナイフを喉に突き立てようとするシルヴィアに、オスカーは取り乱すことなく言ったのである。『もしお前が勝手に死んだら、その時はディノワールを攻め滅ぼす』と。

　国や信者を大切に想うシルヴィアにとって、それは最も効果的な脅迫だった。

　祖国を人質にとられて死ぬことも許されない。――求められるまま、女神に純潔を誓った体を差し出す日々は、シルヴィアからブランシュネージュとしての矜恃を奪っていった。

　シルヴィアにとって恐ろしいのは、オスカーに無理やり体を奪われることよりも、その行為によって自らの体に起こる変化だった。

オスカーがシルヴィアを荒々しく陵辱したのは、最初の夜だけだった。

以来、彼は離宮を訪れると、まるで繊細なガラス細工を愛でるかのように丁寧にシルヴィアを抱いた。

震える体を寝台に横たえ、ヴェールと純白のローブを脱がせながら、拒絶を訴えるシルヴィアにじっくりと快楽を教え込む。

そうして徐々に彼女の体が甘くとろけ始めると、オスカーは淫靡さの滲む微笑みを浮かべるのだ。

「いやらしいな……もうこんなに蜜をあふれさせて」

脚を広げられ、濡れそぼつ女陰を舌で犯される。

「……っ、ちが……ああっ、あ……っ」

どれほど泣いて拒んでも、彼の愛撫が止まることはなく――。

「や、も……ゆるし……て……あぁっ……」

毎夜、前戯だけで気が狂いそうなほど感じさせられた。

そうして、オスカーの指と舌で何度も絶頂へ追いやられ、ぐったりと寝台に身を横たえるばかりになる頃、熟しきった華へ雄芯が埋められる。

ぐちゅ、と蜜があふれる音に羞恥心をかき立てられて頬を染めると、そのことをまたからかわれた。

「素直になれ、シルヴィア。俺に抱かれて感じているんだろう？」

「……違う、こんなの……あ、あっ、ん……やあ……っ」

ゆっくりと、あたかも彼自身を味わわせるような緩慢な抽送に、いやが上にも彼の存在を意識させられてしまい、シルヴィアは悶えながら頭を振るしかなかった。

やがて静かなさざ波が津波となって押し寄せ、シルヴィアは彼のものを締め付けながら達する。

だがそれで終わりではなく、オスカーは快感の余韻に浸るシルヴィアの体を再び愛し始めるのだ。ゆっくりと、時間をかけて。

めくるめく官能の夜は、確実にシルヴィアの体を変えていった。

何も知らなかった無垢な体は、彼に触れられるだけではしたなく蜜を零し、彼の熱を受け入れると、待ち焦がれた淫楽に歓喜してわななないた。

――オスカーに触れられると、わたしがわたしでなくなってしまう。

そのことがシルヴィアは何よりも恐ろしかった。

どうにかしてここから逃げ出さないと……。

シルヴィアが軟禁されている離宮には、限られた侍女しか出入りができず、その侍女も主から命じられているのか、シルヴィアが話しかければ返事こそしてくれるものの、必要な情報に関しては決して教えてくれなかった。

部屋は北に面しており、また離宮の外にもぐるりと木が生い茂っているため、リュシール大聖堂にいた頃と同じように、シルヴィアが過ごしやすいようになっている。

だが、ただ似ているのではなく、オスカーはシルヴィアが逃げ出すことができないように、離宮周囲にある細工をしていた。

一見離宮は深い森に囲まれているように見える。だが、その木々の連なりは、少し歩けばふっつりと切れ、その先は眩しい日差しに照らされていた。

つまり、離宮の周りを散策することはできるが、その先には出られないようになっていたのだ。

まるで陸の孤島だとシルヴィアはため息をついた。

ならば暗くなれば……とも思ったのだが、夜になるとオスカーが訪れるため、それは選択肢にはなり得なかった。

——これでは逃げられない。

ため息が漏れ、被っていたヴェールがわずかに揺れた。

——昨夜も明け方近くまでオスカーに抱かれ続けた。

一体どれほど注がれたのか、彼のものが抜かれると、こぷりと卑猥な音を立てて白濁があふれた。

このままでは本当に身ごもってしまう。

それだけは避けなくてはならないのに。

オスカーに純潔を奪われた事実はどうにもならないとしても、せめてここから逃げ出して無事であることを兄に伝えられれば――。

火事から逃れた後、何者かに捕らえられていたと言えば、兄は悲しむだろうが、オスカーは責められずにすむ。

そのためにも、国へ帰らなければならない。

しかし、たとえ帰れたとしても、シルヴィアはもうブランシュネージュとして大聖堂では暮らせない。ただの女として、この先ひっそりと生きていくことを余儀なくされる。

――だけど、それしかオスカーを守る方法がないのなら、わたしは――。

膝の上に置いた本にそっと手を重ねる。

少しすり切れた布張りの装丁が手に馴染む。見知らぬ世界の中でその手触りだけが、唯一シルヴィアに安らぎを与えてくれた。

結局訊きそびれてしまった、とシルヴィアはぼんやりと思う。

あの火事の中で、これに気づいて持ってきてくれたのはオスカーだろう。

お礼を言わないと……、と呟いてみて、シルヴィアは苦笑する。

感謝など、ここに連れてこられた後で彼にされたことを思えば言えるはずがなかった。

――そして今夜も、彼はわたしを――。

「……っ」

シルヴィアは慄然とした。

彼に抱かれることを恐れたからではない。

彼に抱かれることを考えただけで、体の奥が甘く疼いたからだ。

「……っ、わたし、こんな……」

ぎゅっと体を抱きしめると、シルヴィアはその場に膝をつき、己の罪深さを詫びるように祈った。

離宮で軟禁生活を送るようになってからも、シルヴィアは大聖堂にいた頃と同じように、ローブとヴェールを纏っていた。そうして、囚われの日々の中でも、女神エレオノーラへ祈りを捧げ続けてきた。

それで罪が許されるわけではないとわかっている。それでも、シルヴィアは祈らずにはいられなかった。

――わたしの犯した罪は重すぎる。オスカーの罪も、もとはわたしのせいなのだから。

ため息がこぼれ落ちる。膝に置いていた本を傍らのテーブルに置き、腰掛けていた椅子からふらりと立ち上がると、杖を手にシルヴィアは庭へ向かった。

既に部屋の間取りは頭の中に入っている。だから、瞼を閉じていても何歩で外に出られるかくらいはわかるようになっていた。

遮光のヴェールと瞼越しに感じる薄明るい光に、今日は天気がいいことを感じ取り、シルヴィアはゆっくりと歩を進める。

深く生い茂る葉が、心地よい影を作っている。さすがに大聖堂の蒼い森のように目を開けることができるほどの暗さはないが、それでも羞明を感じない程度には、離宮の庭はシルヴィアにとって過ごしやすい空間だった。

杖で進行方向に障害物がないことを確かめながら、目印にしている木を探す。

足の裏に草のやわらかさを感じながら十歩ほど進むと、前方にかざした右手の指先に木肌が触れた。

その木をシルヴィアが目印にしているのは、木肌の一部分がナイフのようなもので削られていたからだった。丁度まっすぐにのばしたシルヴィアの手が触れるあたりの樹皮がはがされていて、その下がむき出しになっているのだ。

この木を目印にして右手へ向かうと、すぐにまた同じ印を刻まれた木があり、それをたどりながら進んでいくと、ひときわ大きな木へとたどり着くのである。

秘密の道、とシルヴィアは密かに名付けていた。

この道が自分のために作られたものだと、シルヴィアは気づいていた。そして、この印を誰がつけたのかも。

――こんな優しい気遣いをしてくれるのに、どうして……。

たどり着いた大木の根元に腰を下ろす。

ここへ連れてこられて以来、シルヴィアは何度も考えた。

今でもシルヴィアには信じられない。大聖堂に火を放つという恐ろしいまねを、本当にオスカーはしたのだろうか。

それに、大聖堂の皆の安否も気にかかる。そして、兄はシルヴィアの死を聞いてどう思っているのだろう。

シルヴィアのもとには何の情報も入ってこない。シルヴィアだけが何も知らない。

「オスカー……」

いつまで彼はここに閉じ込めるつもりなのだろう。

この緑の鳥籠の中に。

こんなことが、いつまでも続けられるはずがない。

だからその前に、シルヴィアを解放してくれるように彼を説得しなくてはならないのだ。

――だけど、どうすれば……。

そんなことを考えるうち、連夜の行為の疲れもあってか、次第に瞼が重くなってくる。

季節柄さわやかな風が吹いている。その風に誘われるまま、いつしかシルヴィアは眠りに落ちていた。

ゆらゆらと、心地よい揺れを感じてシルヴィアは目覚めた。

誰かの腕に抱かれている、と知るよりも先にふわりと嗅覚をくすぐる温かな日向の匂いで、腕の主が誰であるかに気づく。

ここへ連れてこられてから十日あまりを数えるが、日の高いうちから彼が離宮を訪れたのはこの日が初めてだった。

「……オスカー？」

「あんなところで眠って、もしも誰かにさらわれたらどうするんだ」

ややぶっきらぼうな応えに、シルヴィアは面食らった。

──さらわれたらって。

思わず笑ってしまった。

「あなたがそれを言うの？」

わたしをさらった張本人なのに。と言外に伝えると、さらに不機嫌そうな声が返される。

「だから余計にだ」

「……わたしをさらおうなんて考えるのは、あなたくらいよ、オスカー」

「……お前、それを本気で言ってるのか？」

心底呆れたような物言いに、シルヴィアは当然でしょうと頷く。すると、しばしの沈黙の後に、オスカーが深いため息をついた。

「……まったく、本当だな……」

その、何か納得したような言い方が気になった。

「何が本当なの？」

「お前は自分の価値を全然わかってないってことだよ」

「……その価値は、あなたが奪ったじゃない」

純潔を散らされたシルヴィアは、もうただの女でしかない。

「そうじゃない」

だが、その考えをオスカーはあっさりと否定した。

室内に戻り、椅子に下ろされる。

「お前は、ブランシュネージュとは純潔ありきと思っているんだろうが、信者にとって、それはどうでもいいことなんだ」

「……どういうこと？」

「簡単に言うなら、お前の容姿そのものが重要なんだ。たとえお前が純潔であったとしても、容姿が純白でなければ、彼らにとって意味がないということだ」

「……だけど、純潔でなければ女神にお仕えすることはできないのよ？」

「それはあくまでも、ブランシュネージュである条件のひとつに過ぎない。信者にとっては、お前はこの先もずっと『女神の娘』なんだよ」

「これからもずっと……？」

困惑気味に問うシルヴィアに、オスカーがため息交じりに「ああ」と頷く。

「……それなら……」

ぽつり、とシルヴィアは呟いた。まだ、自分に少しでも価値が残っているのなら、やはり帰るべきなのだ。

「オスカー、わたし――」

「駄目だ」

話の内容を伝える前に、にべもなく断られる。

「国へは帰さない」

声が遠ざかる。思わずシルヴィアは立ち上がっていた。

「お願いよ、オスカー。わたしを国へ帰して。あなたのことは絶対に言わないわ、だから」

「……それで俺を守ると？」

どこかあざけるような声音に、胸がぎゅっと締め付けられる。

シルヴィアは違うと頭を振った。

「わたしが無事に戻りさえすれば、すべてが丸く収まるのよ。だからお願い……」

彼の声を頼りに足を進め、手を伸ばせば、思いがけず大きな手に握られた。

「お前はもう死んだことになっていると言ったろう。ディノワールは今お前の死を悼《いた》んで喪に服している」

「……っ」

予想はしていたが、自分がもう死んだものとして扱われているという事実に、シルヴィアは改めて衝撃を受けた。

「……で、でも、わたしが戻りさえすれば……っ」

「駄目だ。お前はここにいるんだ。俺の妃として」

「妃なんて……そんなの無理に決まってるわ。わたしの素性なんてすぐにわかってしまうし、ここにいることだって、いつ知られるか……」

人の口に戸は立てられない。たとえどんなに口止めしてあったとしても、ほんの些細なところからほころびは生じるものだ。

そうなったとき、オスカーは一体どうするのか。

最悪、自分のせいで両国間の関係が悪くなるかもしれないと思うと、シルヴィアはいても立ってもいられなかった。

「お願いよ、わたしのせいであなたと兄が争うなんて、あってはならないことだわ」

彼の手を両手で包み、シルヴィアは懇願する。目を閉ざしているシルヴィアには彼の表情がわからない。怒っているのか、呆れているのか。

けれど、耳に届いた声には、意外にもなだめるような穏やかさがあった。

「お前が心配する必要はない。──これは、俺が望んだことだ」

「オスカー……」

気持ちが伝わらないもどかしさに、シルヴィアは唇を嚙む。

その思いに返すように、オスカーはシルヴィアのヴェール越しの頰に手のひらを重ねると、親指の腹でやわらかく撫でた。

そうして彼は手を離すと、自分の手を包むシルヴィアの両の手をそっと外させる。

「また、夜に来る」

それだけを言い残すと、立ち尽くすシルヴィアを残して、オスカーは去って行った。

それからも変わらぬ日々を過ごしながら、シルヴィアは国へ帰ることをどうしても諦められなかった。

オスカーは心配するなと言ったが、そんなことは無理だ。

シルヴィアは懸念していた。

死んだはずのブランシュネージュが、実は生きていて隣国の王に囚われている、と知られてしまったら——そうなったら、オスカーはどうなってしまうのか。

ブランシュネージュを、死を装い拐《かどわ》かしただけでも大罪であるというのに、その身を穢したのだ。

シルヴィアが生きていることを知れば、きっと兄は喜ぶと同時に、オスカーに対しては激怒するだろう。最悪、戦争になる可能性だってある。

「……駄目よ、そんなことはさせられない」

どうにかして国へ帰らなくては。

それが無理なら、せめて女神エレオノーラを信仰する教会へたどり着くことができれば——。

しかし、そうそう上手い考えが浮かぶわけもなく、日ごと焦りだけが募っていく。

そんなある日のことだった。

離宮でシルヴィアの世話係を務めている侍女は、一日数回、いつも決まった時間に訪れる。侍女は食事やリネン交換など一通り仕事をこなすと、また次の用事までは部屋を辞している。入出の際には当然のこと鍵がかけられていた。

それがその日、いつものように侍女は仕事をすませた後、部屋を出て行ったのだが、常なら扉が閉じられた後に聞こえるはずの施錠の音が、何故かこのときはなかった。

代わりに扉の向こうで侍女が誰かと話す声がする。相手は同僚の侍女だろうか、二人は少し話した後、部屋から遠ざかっていった——シルヴィアの部屋に鍵をかけずに。

まさか、と思いつつゆっくりと立ち上がって扉へ近づく。

閉ざしていた瞼をゆっくりと上げると、軽い羞明の後、目の前に深い茶色の扉が現れた。

胸がどきどきしていた。そろりと取っ手に手を伸ばし、金属のレバーにのせた親指に軽く力を込める。

抵抗なくレバーが下がり、慎重に押すと扉はかすかな音と共に開いた。

おずおずと顔を出すと、扉の向こうは廊下が十メートルほどまっすぐに伸びていた。左側の壁には途中いくつか扉が並んでおり、突き当たりで右に折れている。

建物を囲むように生える木々の恩恵で、窓から差し込む光が遮られていることがシルヴィアに幸いした。

――もしかしたら逃げられるかもしれない。

一旦部屋に戻り、寝台脇のテーブルから緑の装丁の本を取り上げる。

そしてもう一度廊下へと繋がる扉を開け、シルヴィアはおそるおそる歩み出た。

先ほど同様、廊下に人の気配はない。シルヴィアの存在を知られないために、あえて人を置かないようにしているのか、それとも日中は盲目に近いシルヴィアに逃亡など不可能だとたかをくくっているのか。いずれにせよ、これは好機だった。

耳と目に全神経を集中させて、シルヴィアは進んでいく。

大聖堂の蒼い森以外の場所で昼間に目を開けることのないシルヴィアにとって、陽が差さない廊下であっても、ずっと目を開け続けることはかなりの苦痛を伴った。

たちまち疼痛を訴え始める双眸に、廊下の半分も進まないうちにシルヴィアは立ちすくんでしまう。

だが今逃げなければ二度とこんな機会はないかもしれないと思うと、ここで立ち止まるわけにはいかなかった。徐々に視界の悪くなる中を、痛みを堪えながら壁伝いに一歩一歩進んでいく。

――だが、突発的な行動がそうそう上手くいくはずもなく、逃亡はあっけなく終わりを告げた。

ようやく廊下の端までたどり着き、突き当たりを右折しようとしたときだった。

「おいおい、ずいぶん剛胆なお姫様だな」

「……っ⁉」

すぐ背後から声をかけられて、危うくシルヴィアは悲鳴を上げそうになった。

振り返った先に、青年が一人佇んでいた。腕を組み、壁に左肩を預けた姿で。その表情は何故かとても楽しそうだ。

一体いつの間に、と驚くシルヴィアに、青年は笑顔のまま言った。

「残念だけど、ここからは逃げられないよ」

「ど、どうして……」

「うん。君のことをずっと見張っていたからね」

さらりと告げられた内容に、シルヴィアは絶句する。

「な……あ、あなた……」

「俺？　俺はアビゲイル・フォルトナー。この離宮の警備と君の護衛を命じられている」

律儀に自己紹介しながら、青年は一歩シルヴィアに近づいた。

その金色の髪と青い眸の精悍《せいかん》な顔立ちは、どことなくオスカーに似ているような気がしてシルヴィアは戸惑った。

「ちなみに、オスカーとは従兄弟同士」

心を読んだようなタイミングに驚きつつ、じりと一歩後ずさる。

「にしても君、昼間はほとんど見えていないんだろう？」

感心したように彼は言い、じりじりと距離をとろうとしていたシルヴィアにあっさりと近づいて腕をとる。

「じゃあ戻ろうか」

「……っ、ま、待って……！」

シルヴィアはとっさに目の前の青年にすがっていた。今戻されたら、もうこんな機会は二度と来ない。

「お願いです、わたしを逃がしてください」

「は？」

突然のシルヴィアの申し出に、さすがに青年は驚いたようだ。

「逃がしてって、君」

「お願いです。オスカーは今とても危険な状況だわ。もしもわたしがここにいることを兄に知られれば、きっと彼は責められる。いいえ、もしかしたら、それだけではすまない可能性だって……だけど、今ならまだわたしさえ国に戻れば、彼に迷惑をかけずにすむのです」

彼が従兄弟なら、オスカーが危ないのだと伝えれば、ひょっとして協力してくれるかもしれないという可能性に、シルヴィアは一縷《いちる》の望みを繋いだ。

「……君……」

「お願いです、どうかわたしを国へ帰らせてください」

胸の前で両手を組み、あたかも神の慈悲《じひ》を請うようにシルヴィアは懇願する。

そのあまりにも必死な様子に、青年はしばし困ったように黙り込んでいたが――。

「うーん、そんなにかわいくお願いされたら、断れないなあ」

ため息交じりに青年が苦笑する。その様子に、シルヴィアはぱっと表情を輝かせた。

「では……！」

「でもそうすると、今度は俺の立場も危ういからな。――そうだろ？」

青年がシルヴィアの肩越しへと視線を向ける。その動きにつられて振り返ったシルヴィアは、ぎくりと身をこわばらせた。

「オスカー……」

いつからそこにいたのか、彼がまっすぐにシルヴィアを見据えていた。

その姿にわずかな違和感を覚えたが、彼の纏う色彩が夜とは異なっているからだと、一拍遅れて気づく。

シルヴィアが知っているオスカーの髪は暗めの金色で、眸の色は海のような深い青である。だが今彼女が見ている彼は、明るい黄金色の髪と、鮮やかな夏の空を映した眸をしていた。

これが、本当のオスカーなのだ。こんな時だというのに、これまで知らなかった彼の姿を見ることができて、シルヴィアは不思議な感慨を覚えていた。

だがそんな気持ちもオスカーがこちらへ向かって足を踏み出したことでたちまち消えてしまった。

一歩一歩確実に歩いてくる彼の顔には、何の感情も浮かんでおらず、対するシルヴィアは怯えに顔をこわばらせる。

「ほら、お前がしっかり見てないから、大切なお姫さんがいなくなるところだったぞ」

からかい混じりのアビゲイルの台詞に、オスカーが憮然とする。

「そうならないためにお前がいるんだろう、アビー」

「だから、ちゃんと逃亡前に見つけたじゃないか」

悪びれる様子のない青年を無視して、オスカーはシルヴィアへ足早に近づく。

「……お願い、オスカー……」

いやいやと子どものように頭を振るシルヴィアに、オスカーは苛立ったように眉根を寄せると、強引に抱き上げた。

「いやっ、下ろして！」

暴れるシルヴィアに構うことなく、オスカーはアビゲイルに背を向けて歩き始める。

「アビー、誰も近づけるなよ」

「わかってる。かわいいお姫さんに嫌われないように、ほどほどにしとけよ」

からかう声にオスカーは振り返ることはなかった。

部屋へと運ばれながら、シルヴィアはなおもオスカーに訴える。

「オスカー、お願いだから……、ぁっ」

刹那、つきりと目の奥が痛んだ。この短時間でさえ目が限界を訴えている。

「無理をするからだ。目を閉じていろ」

シルヴィアの苦痛に気づいたオスカーが硬い口調で言い放つ。

でも、とシルヴィアはさらに言いつのろうとしたが、やがて諦めたように目を閉じた。

オスカーが言うように、無理をしすぎたのだ。

たとえここから上手く逃げ出せたとしても、どのみちすぐに動けなくなっていただろう。

自分の無力さが、シルヴィアは悲しかった。


「まったく、お前は何を考えているんだ」

部屋に戻った第一声がそれだった。

「本気で逃げられると思っていたのか？　お前の目が光に耐えられないことくらい、自分が一番よくわかっているだろう。あの状態が続けば、下手をすれば失明していたんだぞ」

長椅子にシルヴィアを下ろしたオスカーが、苛立ちを表すように、乱暴にカーテンを閉める。たちまち暗くなる室内に、目の奥を苛む疼痛が少しだけやわらぐのを感じた。

「だ、だって、あなたがわたしを帰してくれないから……」

「だからって、無謀にもほどがあるだろう。これまで常に誰かに守られて、何不自由なく暮らしてきたお前が、一人でここから出られるわけがない」

正論だった。だがここで引き下がるわけにもいかず、シルヴィアはそれならと食い下がる。

「だったら、せめて今国がどうなっているのか教えて。それに兄は……兄は元気にしているの？」

「お前が知る必要はない」

いつになく強い口調に、シルヴィアはびくりと体をこわばらせた。

その様子にオスカーは舌打ちをすると、荒い歩調で近づきざま、身を固くしているシルヴィアを抱き上げる。突然の行為にヴェールがすべり落ちるが、彼は構うことなく歩き始めた。

「……ど、どこ、へ……」

シルヴィアがあからさまに怯えを声に滲ませるも、力強い腕の主は答えない。

自分で歩かないから、方向が摑めない。さらにはカーテンも引かれているので、余計にシルヴィアは位置を摑めずに戸惑った。

歩みが止まり、背中にやわらかな衝撃を感じる。寝台に下ろされたのだと考える間もなくオスカーが覆い被さってきた。

「や……っ」

まさかという思いに目を開けようとすると、瞼の上に温かなものを感じた。オスカーの手が被せられたのだ。

「目は開けるな。これ以上ひどくなってもいいのか？」

ひどくはなりたくない。だからといって、こんな状況でおとなしくできるわけもなかった。

「いやっ、離して！」

シルヴィアは反射的に手を振り上げる。直後、パシン、と乾いた音が鳴った。

「……えっ」

シルヴィアは呆然とした。手のひらに残る熱と打擲《ちょうちゃく》の衝撃。てっきり避けられると思っていた。なのに彼はシルヴィアの手のひらを、自らの頬で受け止めたのだ。

「あっ……ご、ごめんなさ……」

「気はすんだか？」

「……え？　……んっ」

この状況には不釣り合いなほど穏やかな声。何がと問いかけようと薄く開いた唇に、やわらかく彼の唇が重なった。唇を閉ざす間もなく、するりと舌が滑り込んでくる。

「……っん、ふぁ……っ」

絡められる舌に、彼の舌だけではない何かが触れた。小さな丸い粒のようなもの。

それを彼はシルヴィアのやわらかな舌にこすりつけるようにしている。

粒は瞬く間に二人の舌の間で崩れ、甘い露《つゆ》となった。

「んっ……ふ、やぁ……っ」

——なに？

得体の知れないものを口内に入れられた不安で、シルヴィアはそれを飲むまいとするのだが、オスカーは唇を塞いだまま、執拗に舌を絡めてくる。

息苦しさに耐えかねてとうとう飲み下してしまうと、嚥下《えんげ》を確認したオスカーはゆっくりと顔を上げた。

「なに、を……」

何を飲ませたの？　乱れた息の下でシルヴィアは不安げにオスカーへ問いかける。

「少し眠れ」

「え……？」

思いがけない彼の言葉に、シルヴィアはその意図を計りかねて小首を傾げた。オスカーがさらに言葉を重ねる。

「目を休ませるために少し眠るだけだ」

「あ……」

つまり今飲まされたのは、眠りを誘うための薬だったのだ。

得体の知れないものを飲まされたのではないとわかった安堵で、シルヴィアの固くこわばっていた体から力が抜けた。

するとオスカーはそれを察したようで、目を覆っていた手がどけられる。

だが、覆い被さっている体が離れる気配はなく、シルヴィアの中に再び不安がこみあげてくる。

「オスカー……？」

視界を閉ざしたままのシルヴィアには彼の表情は見えない。視線は感じるのだが、そこに浮かぶ感情が読めない。そうして、やがてひとつ落とされたため息。

「これでわかっただろう？　もう一人で逃げようなんて考えるな。――もしまた逃げようとしたら、次は容赦しない」

容赦という言葉に込められた脅しに、シルヴィアはかすかに身をこわばらせる。けれど、とっさの行動だったとはいえ、シルヴィアはあれが間違っていたとは思わなかった。オスカーを守れるなら、シルヴィアは何でもしたかったのだ。

「……だけど、このままじゃ、兄にあなたが……っん」

どうしてもあきらめきれずに言い募ろうとするも、突然重ねられた唇に言葉を奪われる。噛みつくような荒々しい口づけは、先ほどのものとはまるで違っていた。

「んっ、や……ぁっ」

「二度とその名を口にするな」

低い苛立ちを含んだ声と共に深く舌を絡められる。

彼を纏う気配の変化に気づいても、シルヴィアにはその理由がわからなかった。

「ンぅ、ん、ん……っ」

彼の上着越しに胸を押し、やめてと必死に訴えるも、シルヴィアのあらがいなど無意味であるかのように、執拗に続けられる口づけ。

「お前はずっとここにいるんだ」

「や……」

キスの合間に紡がれる言葉に翻弄される中、薬の効果が現れ始めたのか、次第に体が重くなってくる。

上着を握りしめていた手から力が抜けて、ぱたりと寝台の上に落ちても、荒々しさこそなくなったものの口づけは終わらなかった。

「俺の……俺の傍にいろ」

繰り返し口づけながら囁かれる言葉を、徐々に遠くなっていく意識の中でシルヴィアは聞いていた。

やがてすっかり体から力が抜けてしまうと、シルヴィアが眠ったと思ったのだろうか、唇が離れ、代わりに頬に手のひらが重ねられた。

やわらかく頬を撫でる手。それをされるがままに受けていると、ふと彼の呟く声が聞こえた。

「そうすることが、お前にとって一番いいんだ……」

悔しそうな、苦しげな呟きに、シルヴィアはとまどう。

——わたしにとって……？　どういうこと……？

けれどそれは声になることなく、シルヴィアの意識は引きずりこまれるように深い眠りへと落ちていった——。

シルヴィアの体からすっかり力が抜けてしまうと、オスカーはゆっくりと唇を離した。

見れば、先ほどまで抵抗していたのが嘘のように、シルヴィアは静かに眠っている。

なめらかな頬にそっと手を重ね、やわらかく撫でながらオスカーは独りごつ。

「そうすることが、お前にとって一番いいんだ……」

答える声はない。

その寝顔をしばしぼんやりと眺めていたが、やがて小さくため息をつくと、身を起こして寝台から降りた。

「……くそ……」

室内を横切り、ふと視線を彼女が座っていた長椅子へと向けると、そこには緑の布張りの本が置かれてあった。

そういえば、あの火事の時もこの本を大切そうに抱きかかえていたな、と思い出して手を伸ばす。だが、少しくすんだそれに指先が触れる寸前、背後から楽しそうな声がかけられた。

「あのままやるのかと思ってひやひやしたぞ」

「……誰も近づけるなと言ったはずだが」

振り返ったオスカーは、入り口で腕を組んで佇んでいるアビゲイルを見て眉をひそめた。

そんな不快げな表情に、アビゲイルはまるで気にした様子もなく、おどけたように肩をすくめてみせる。

「だから、誰も近づけなかっただろう？」

「…………」

さも自分は例外だと言わんばかりの返答に、さらにオスカーは憮然とする。

「何の用だ」

「おいおい、何の、とはひどいな。こっちはお姫さんの祖国の情報を持ってきてやったって言うのに」

「……ああ。どうなってる？」

アビゲイルが本題に入ったことで、オスカーは表情を改めると、彼に続きを促した。

「お前の予想通りだ。状況は芳しくない。報告では彼は呼び出しを受けたそうだ。このままでは矛先がこちらに向くのも時間の問題だろうな。……そのお姫さんも十分気をつけておいた方がいい」

「……わかってる」

頷きながら、オスカーは長椅子から本を取り上げると寝台へ向かい、眠っているシルヴィアの枕元にそっと置いた。そうすることで、彼女の眠りを守ることができるとでもいうかのように。

「オスカー」

「何だ」

「嘘をついて無理に留めておくよりも、いっそ本当のことを教えておいた方がいいんじゃないのか？　お姫さん、お前を守るために帰らせてくれって必死だったぞ」

まあ、そこがかわいかったけど。と付け足すと、途端にオスカーが渋面《じゅうめん》になった。

「彼女に教えるつもりはない」

「教えたら、大切なお姫さんが傷つくからか？」

「……彼女は知らなくていいことだ」

素っ気ない返答だが、その中に垣間見えた一瞬の揺らぎを、付き合いの長いアビゲイルは敏感に感じ取っていた。

「ふうん、意外だな」

「……何が言いたい」

含みのある言い方にぴくりと眉を上げるオスカーに、アビゲイルがにやりと笑う。

「いや。ずっと気になっていたんだよ。お前、小さい頃は大聖堂に行くことをずっと面倒くさがっていたくせに、八年前からは生まれ変わったみたいに熱心に通うようになっただろう？　しかも、俺を身代わりにしてまで会いに行くくらい執着する相手なんて、これまでいなかったからさ。あの火事の時だって、危険だと俺たちが止めるのを振り切って単身火の中に飛び込んでいくし、あれには本当に驚かされたよ。——でもまあ、確かにあんなかわいい反応してくれるお姫様なら、お前が必死になるのもわかる気がするよ」

「納得したなら帰れ」

　さらに冷たく言い放たれるも、アビゲイルの笑みは崩れない。

「わかったよ、今日はお前もずっと傍にいるだろうし、俺は帰るよ」

　そう言って、アビゲイルは踵を返したが、部屋を出る間際ふと何か思い出したのか振り返った。

「別人みたいだな、今のお前」

「は？」

「ほら。王宮じゃ、何考えてるかわからない笑顔を浮かべてご婦人方の心を虜《とりこ》にしているお前がさ、彼女の前じゃ感情をあらわにしていたじゃないか。さっきも――」

「アビゲイル」

「わかったわかった、もう言わないからそんなに怒るな」

　くく、と笑うアビゲイルの精悍な顔をオスカーがじろりと睨む。

「まあ、お前がキレると恐ろしいのは昔からだが、そんなに大切なら、意地悪もほどほどにして優しくしてやれよ」

　余裕の笑みと共に嫌みな捨て台詞を残してアビゲイルが去って行く。

　再び静かになった部屋の中で、オスカーはひどく疲れたようにため息をついた。

「……それができれば苦労しない」

　吐息のように呟きながら、オスカーはシルヴィアの寝顔を見つめる。

優しくしてやりたい。あの頃、いつも彼女にそうしていたように。

だが、今はその時ではないこともわかっている。

彼女はあまりにも無防備で危うい。

現に今もこうやって、オスカーを守るために自らの身を危険にさらそうとした。

そんな彼女をここに留め置くためには、アビゲイルが言うように、すべてを話してしまった方がいいのではないかと、オスカーはためらう。

シルヴィアと出会って以来、オスカーの心の中には常に彼女がいた。

八年前ディノワールに行ったのは、両親に散々苦言を呈され、仕方なくだった。

だが、礼拝堂で彼女に会った瞬間、オスカーの中で何かが変わった。

生まれて初めて、異性に興味を引かれたのだ。

礼拝堂に入るとすぐ、彼女がどこにいるのかわかった。

見た目の珍しさもあったのかもしれない。こんなにも白い人間がいるのか、と驚くほどに彼女のすべてが白かった。

代々のブランシュネージュの容姿に関して事前に聞いていたものの、白い髪と肌という表現に、最初は病弱な老人のそれを想像していた。だが、実際に会ってみて、その考えが間違っていたことをオスカーは知った。

単純に白いのではなく、一切の色素を感じないのだ。

まるで天に昇った水蒸気が一瞬で凍って雪の結晶になったかのように、彼女の肌や髪には一切の不純物が混じらない純粋な白さがあった。それでいてそこに病弱さや異質さは感じられず、透明感のある瑞々《みずみず》しい肌と艶が、少女の繊細な美貌を引き立てていた。

礼拝堂で会ったシルヴィアは、ヴェールの下の瞼を閉ざしていたため、その奥に隠された双眸を見ることは叶わなかったが、長いまつげがなめらかな頬にうっすらと影を落とす様は、息をのむほど儚《はかな》げな美しさがあった。

誰かに見とれるということを、この日オスカーは初めて経験した。

『ようこそお越しくださいました』

名は名乗らなかった。彼女にとって、生まれの名はあってないようなものだったから。名を聞けないことはひどく残念だった。けれど、その雰囲気と同じ透明感のある優しい声は、心地よくオスカーの耳に響いた。

その後礼拝堂を去るまでの間、オスカーの目はずっとシルヴィアを追っていた。彼女の周りだけ、時間の流れが違うような気がした。立ち居振る舞いやふとした仕草など、そのすべてがゆったりと洗練されていて目が吸い寄せられる。傍らにいる大司教さえもが、彼女を引き立てる装飾であるかのようだった。

――もっと、彼女のことを知りたい。

そう強く思うようになるのに、時間はかからなかった。

大聖堂を辞して王宮へ到着すると、彼のために用意された部屋に入るなり、オスカーは先に到着していた従弟のアビゲイルを呼んだ。

アビゲイルはオスカーと同い年で二人の母が姉妹ということもあり、幼い頃から親しくしていた。また、互いの容姿が似ていることを利用して、面倒な式典などがあるとオスカーはアビゲイルを自分の身代わりにして抜け出すこともあった。

『しばらくおれの代わりをしてくれ』

このときも突然の申し出にアビゲイルは驚くことはなかったが、その理由を聞かされると、流石に意外そうな表情になった。

『でも、あそこって警備が相当厳重だろう？　お前がいきなり行って会えるのか？』

『それなら問題ない。よさそうな抜け道を見つけたんだ。多分、位置から考えるとあそこから例の「奥庭」に行けると思う』

そう返すとアビゲイルは呆れて苦笑していた。

アビゲイルに見送られ、再び訪れた大聖堂の抜け穴は、思ったほど大きくなかったが、細身であれば大人一人程度ならくぐり抜けることができそうだった。

この中に彼女がいる。そう思うだけでオスカーの胸は期待に膨らんだ。

服が汚れることも気にせず地面に腹ばいになると、上肢《じょうし》を使って器用に中へ潜り込む。そうして立ち上がった彼は、壁の外と一変した光景に驚いた。

一瞬、異世界に迷い込んだのかと思った。

時間の帯が捩《ねじ》れて、いきなり夜になったような感覚だった。そしてそれは奥へと進むほどに増していき、オスカーは迷わないために一定の間隔で木の枝を折りながら慎重に先へと進んだ。

　どのくらい歩いただろうか。徐々に時間の感覚がなくなった頃、オスカーは不意に前方に白い姿を発見したのだ。

　妖精か天使がいるのかと思った。

　暗い空間の中、そこだけを切り取ったかのように白く浮き上がる人影を見て、オスカーはしばし呆けた。

　我に返った直後、オスカーは駆け出していた。

　その後は、我ながら彼女の関心を引くことに必死だったように思う。だが、その甲斐《かい》はあった。

　――彼女は、すべてがオスカーにとって新鮮だった。

　これまで、オスカーの周囲にいる異性と言えば、彼の関心を引くために美しく着飾り、鏡の前で練習したような完璧な微笑みを浮かべた令嬢ばかりだった。

　うぬぼれているわけではないが、オスカーは自分の容姿が異性に好まれていることを知っている。それに加えて世継ぎの王子という立場が、彼の周囲を常にきらびやかにさせ、同時にうんざりもさせていた。

　モテモテでいいじゃないか、とアビゲイルは笑うが、そんないいものじゃない、とオスカーは辟易《へきえき》する。

　自分の好きな相手から好意を寄せられるのならともかく、周囲の令嬢たちの中にそんな対象は一人だっていないのだ。

『じゃあ、どんな子ならいいんだよ』

とアビゲイルが問えば、オスカーはうーんと首を捻りつつ答えた。

『そうだな……おれから何かしてあげたいって思えるような子……かな……？』

『ああ、庇護欲をそそるタイプか。控えめでおとなしい子が好きなんだな』

それとも少し違う気がしたが、具体的に説明できそうになかったので、適当に濁しておいた。

確かに彼女――シルヴィアはオスカーの庇護欲をこの上なくかき立てる少女だった。

儚げな容姿や、控えめな態度は勿論のこと、オスカーが隣国の王子であると知っていながら安易に心を許さず、媚びて甘えようとしないところも気に入った。

そしてそれだけではない何かが彼女にはあった。

その何かに導かれるように、彼女のもとを訪れるようになって数日。

初めてシルヴィアの笑顔を見た瞬間、ずっとここに通い続けていた理由にオスカーは気づいた。

嬉しかったのだ。彼女が喜んでくれたことが。小さなクローバーを見つけることができたという、そんな些細なことでこんなにも純粋に喜ぶ彼女が、たまらなくかわいいと思えたのだ。

信者たちに見せる大人びた微笑みとは違う、少女らしいあどけない笑顔を向けられて、オスカーは急速にシルヴィアに惹かれていった。

――この笑顔を……彼女を、おれだけのものにしたい。

そんな欲望が兆《きざ》すまでに時間はかからなかった。

『いつか、シルヴィアの全部、おれがもらってもいい？』

笑顔だけではなく、身も心もすべて。

オスカーの心に宿った昏い欲望に気づくことなく、シルヴィアははにかみながら頷いていた。

ブランシュネージュが結婚できないことは、オスカーも知っていた。

だが、何か抜け道があるはずだと彼は諦めなかった。

毎日シルヴィアと秘密の逢瀬を重ねる中で、確実に二人の距離を縮めながら、オスカーはどうすれば彼女を得ることができるのか模索し続けていた。

そんなある日。シルヴィアが空を見上げながら言った。

『ねえ、オスカー。今夜は五十年に一度の流星群が見られるんですって』

嬉しそうな横顔に笑いかけながら、オスカーはふと思いついた。

『じゃあ、今夜一緒に見よう』

驚くシルヴィアに、オスカーはまた夜に来るからと、いつものように強引に約束をかわした。

この約束が、後に二人の関係を大きく変えるきっかけになることなど、この時のオスカーは知るよしもなかった。


晴れ渡る夜空に、沢山の星々が瞬いている。

晴れて良かったな、と思いながらオスカーは抜け穴までたどり着いた。

呆れた話であるが、彼はここまでいつも乗合馬車と徒歩で来ている。

外出時、オスカーは外套を纏い、アビゲイルのふりをして守衛の騎士の前を堂々と通っている。二人並ぶと違いは明らかだが、一見同じ髪と眸の色をした少年たちを見分けるのは、傍近くで仕えたことのない彼らにとって容易いことではなかったからである。

そうして大通りまで出ると、乗合馬車に乗って大聖堂近くまで移動し、その後は徒歩で例の抜け穴へと向かうのであるが——。

この日もいつものように抜け穴に到着したオスカーは、植木をかき分けて中へ入ろうとして、かすかな違和感を覚えた。

穴の大きさ自体はいつもと変わりない。地面からいびつな円形に崩れた壁の形も、下に散らばるがれきの屑や、土の硬さもいつもと同じだ。なのに、何かが違う気がする。夜という昼とは違う状況が、そう見せているのだろうかと思いかけて、オスカーは唐突に気づいた。

穴の一カ所に細長い糸くずが付いている。その意味に気づくまでに時間はかからなかった。

——この中に、自分以外の誰かがいる。

彼がこの場所を見つけたのは、身を寄せ合うようにぎゅうぎゅうに生えている植木の間から、猫の親子が出てくるのを偶然見かけたからだった。

その時に気づくべきだったのだ。これが、人為的に作られたものかもしれないと。

否、本当はどこかで気づいていたのかもしれない。けれどオスカーは意図的に目をつぶっていたのだ。——この穴の存在が明るみに出れば、もうシルヴィアと会えなくなるとわかっていたから。

だがその代償はあまりにも大きかったことに、オスカーは今になってようやく気づいた。

「シルヴィア……！」

ぞっ、と背筋を冷たいものが走った。

急いで穴をくぐり、暗闇の中を駆ける。細い枝葉が顔を打ったが、そんなことも気にならないほどに彼は焦っていた。

この森に生き物はいない。何故かはわからないが、これまでオスカーはこの中で動物に会ったことがない。

だから、ここで物音を立てるとしたら、それはオスカーかシルヴィアだけだった。——これまでは。

奥に行くに従い、森の闇が濃くなってくる。

きっと、シルヴィアを狙っている者たちも、そう簡単にはたどり着けないはずだ、とオスカーはわずかな望みに賭ける。

無事でいてくれと何度も胸中で願いながらオスカーは走り続け、不意に立ち止まった。

耳が、自分のものとは違う音を捉えたのだ。

限られた視界の中で、目をこらす。

前方奥に淡い明かりが見える。シルヴィアがオスカーのために用意した目印だ。それで蒼い森の出口が近いことを悟るが、オスカーの目はそちらではなく、音が聞こえた右奥の方から見える、もうひとつの明かりへと向けられた。

まだ距離はあるものの、シルヴィアが用意したものよりも明らかに強い照度に、オスカーは確信した。

――あそこにシルヴィアがいる。

足音を立てないように注意しながら、オスカーは明かりの方へと進んでいく。

近づくにつれ、徐々にオスカーにはそこがどこなのか分かってきた。

木々の間を抜けた先、大木がそびえ立つそこは、オスカーとシルヴィアがよく訪れる場所だ。

そこに、シルヴィアがいた。

烏《カラス》の羽根で染めたような闇の中、ランプの明かりを受けて鮮やかに浮かび上がっている純白の肢体。

その体に男が二人、覆い被さっていた。

無残に引き裂かれた白いローブや下着が、木の根元に散らばっている。

声もなく、ただ荒い息を吐きながら、男たちがまるで獲物に群がる獣のようにシルヴィアの体に貪りついている。

何をしているのかは一目瞭然だった。

呆然と立ち尽くすオスカーの数メートル先で、一糸纏わぬ姿のシルヴィアが、男たちに襲われていた。

意識を失っているのか、シルヴィアは男たちの行為に抵抗する様子もなく、されるがままになっている。

やがて、男が息を荒らげながらぐったりとしたままのシルヴィアの細い脚を割り開くと、彼女と繋がるべく自身の下衣に手をかけた。

瞬間、オスカーの理性がはじけ飛んだ。

大股で距離を詰めながら、腰に佩《は》いた護身用の剣に手を伸ばす。

草を踏みしめる音に、今まさに目的を遂げようとしていた男が、はっと顔を上げて振り返る。

『誰――……』

それが男が発した最期の言葉だった。

男の喉元めがけて、オスカーは剣を振った。

喉から血しぶきを上げて男がのけぞり、草の上に倒れ込んでいく。オスカーはそれを最後まで見届けることなく、シルヴィアから離れて必死に後ずさろうとしているもう一人の男へと視線を転じた。

『貴様、彼女を穢したか?』

その意味をわからないはずがなく、男は恐怖で引きつった顔をぶんぶんと横に振った。

『まっ、まだ……』

男は腰が抜けているのか、上手く動くことができないようだった。つんと鼻をつく臭いに、男が失禁したことがわかった。

『ゆ、許してくれ……病で、もうこうするしか……』

オスカーは、涙でぐしゃぐしゃになりながら必死に言い訳する男に微笑んだ。

だがそれは、とても十四歳の少年とは思えぬ酷薄な笑みだった。

『それは気の毒だったな。だが、もう治す必要はないだろう? お前は、ここで死ぬんだから』

『……ひいっ! た、……助け……!』

悲鳴は苦悶の絶叫へと変わり、それもすぐに消えた。

男が地に這いつくばり、やがて動かなくなると、オスカーは汚らしいものとでもいうように、血まみれの剣から手を離した。

『シルヴィア……』

唐突に我に返り、オスカーはその名を呟くと、慌てて二つの骸《むくろ》を避けてシルヴィアのもとへと駆け寄る。

肌を隠すものをと視線をさまよわせ、木の根元に放られている破かれたローブに目を留めたが、すぐに思い直して自分の上着を脱いだ。

無残にさらされた肌を見ないようにしながら黒い上着で細い体を包み込んで抱き上げる。

オスカーに抱き上げられても、シルヴィアは目を覚ます様子はなかった。

大聖堂へと近づくにつれ、騒ぎを聞きつけたのか、人の気配が強くなってきた。

『姫様……！』

木々の間から最初に現れたのは侍女らしき女で、その後に騎士や司祭らが姿を見せた。

彼らはオスカーの存在に一様に驚いていたが、その注意はすぐに少年の腕に抱かれているシルヴィアの方へと向けられた。

『姫様!?』

『森の中で男二人に襲われそうになっていた』

淡々と事実だけを伝えると、ランプの弱い明かりの中でさえわかるほど、侍女の顔が青ざめた。

『ま、まさか……姫様……』

『いや、穢されてはいない。すぐに見つけたから』

〝穢される〟ということが、男の局部を受け入れていないという意味であれば、とオスカーは心中で呟く。

『そうですか……！』

最悪の事態は免れたと侍女はほっとしていたが、すぐに慌てたように振り返る。オスカーの上着から覗く細い太ももに目を留めたのだ。

『大司教様、お人払いを……！』

侍女同様に状況を察した大司教が、駆けつけていた騎士たちに近づかないよう命じる。

『ブランシュネージュを襲った者たちは逃げたのですか？』

硬い口調で問う大司教に、オスカーが頭を振る。

『奥にいる。――彼女の森を穢してしまったが、あの状況では仕方がなかった』

その言葉で察したのだろう、一瞬大司教は厳しい顔つきになると、背後で控えている騎士にそのことを伝える。すぐに彼らはオスカーたちの横を通り過ぎて森の奥へと入っていった。

『何はともあれ、ブランシュネージュが無事で良かった。――早く中へ』

促す声に頷いて、オスカーはシルヴィアと共に彼女の私室へと向かった。

オスカーの手で室内へと運ばれたシルヴィアは、すぐに侍女の手に預けられた。

彼女が身を清めて着替えをすませる間、別室でオスカーはこれまでのことを大司教に話した。

二人で秘密の逢瀬を重ねていたこと。

大聖堂の外壁にできた抜け穴を使っていたこと。

今夜、オスカーがここへ来たのは二人で流星群を見るためだったこと。

すべてを聞き終えた大司教は驚きを隠せないようだった。

しかし、立ち入り禁止区域に入り込んだ隣国の王子の処遇云々よりも、彼が今夜ここにいてくれたからこそ、シルヴィアの身を守ることができたことの方が、大司教にとってはより重要であることを、オスカーは理解していた。

『……あなたには、感謝せねばなるまいな』

複雑な表情と共に語るその言葉が、オスカーの考えが正しいことを証明していた。

『感謝なんかいらない。それよりもおれは、シルヴィアの傍にいられればいい』

困惑気味に眉をひそめる大司教に、オスカーはにっと笑う。それは先ほど男たちに見せたものとはまるで違う、少年らしい快活な笑みだった。

『殿下、それは……』

『最初におれを咎《とが》めなかった時点で失敗だったな、大司教』

『殿下』

『おれはこれからもシルヴィアの傍にいることを望んでいる。だから、大司教の力でおれが今後も出入りできるように取りはからって欲しい』

その申し出を、大司教はうすうす察していたのだろう。ひそめた眉根をさらにぐっと寄せて深い縦皺を刻み、しばしオスカーを見据える。

やがて大司教はふうと深いため息と共に肩を落とした。

『陛下に申し上げてはみましょう……ですが……』

『期待している』

満面の笑みと共にオスカーは立ち上がると、用は終わったとばかりに扉へと向かった。

回廊に出ると、丁度騎士が大司教に報告に訪れたところだった。彼は、オスカーを見た瞬間、何故かぎょっとしたように目を瞠ったが、すぐに表情を改めると恭しく礼をした。

それへ頷いて返し、オスカーは歩き始める。その背中を、騎士が恐ろしいものでも見るように振り返っていたことに、オスカーは気づかないふりをした。喉を深く切り裂かれ、苦悶の表情で息絶えている男たちを発見した騎士たちは、さぞ驚いたことだろう。

だが騎士の反応など、オスカーにとってはどうでもよかった。今の彼の心中を占めるのはただ一人、シルヴィアだけだったから。

シルヴィアが襲われたことは、オスカーにとって衝撃だった。ブランシュネージュという存在が、一部の狂信的な者たちからどういう目で見られているのか、オスカーも知ってはいた。

――ブランシュネージュと交われば、あらゆる病が癒《い》える。

そんな馬鹿げた迷信を、本当に信じている者がいるのだ。そして彼らがいる限り、シルヴィアは常に身の危険にさらされることになる。

もしも今夜会う約束をしていなかったらと思うと、オスカーは心底ぞっとした。そしてそんな危険をあらかじめ排除できなかった自分の身勝手さを、オスカーは深く後悔していた。

シルヴィアの部屋へ戻ると、彼女はまだ眠っていた。

『殿下』

傍に控えていた侍女が畏まる。

『まだ目覚めないのか……』

『はい。侍医の見立てでは、嗅《か》がされた薬の影響だろうと』

『……そうか』

独り言のように呟いて、オスカーは寝台に腰を下ろす。

シルヴィアは何事もなかったように静かに眠り続けている。けれど、その白い肌は心なし青ざめているような気がした。

眠る少女の髪に触れながら、オスカーは苦しげに目を細める。

――もう少し、おれが早く来ていれば。いや、あの穴の存在をもっと早く伝えていれば、シルヴィアがこんな目に遭うことはなかった。

二人の男に襲われていたあの光景を思い出すだけで、はらわたが煮えくり返る。

そしてその憤りは、男だけでなく自分自身にも向けられていた。

『くそ……っ』

オスカーは拳を強く自分の脚に打ちつける。

その時、眠っていたシルヴィアの瞼が小さく震えた。

『シルヴィア？』

呼びかける声に反応するように瞼が開かれ、その下から現れた淡い紫の双眸が、ゆるりとさまよいながら声の主であるオスカーを捉えた。

『オスカー……』

状況が把握できていないのだろう、シルヴィアはぼんやりとしたまま、どこか不思議そうにオスカーを見つめている。

オスカーはいても立ってもいられなくなり、両手を伸ばすと、すくい上げるようにシルヴィアを抱きしめた。

『……オスカー？』

『怖い目に遭わせてすまなかった』

『オスカー……どうしたの？　怖い目って……？』

嗅がされた薬の影響からか、シルヴィアは先ほどの出来事を覚えていないようだった。

『いいんだ、覚えてないなら、その方がいい』

忘れてくれ、と囁かれて、シルヴィアはその意味を理解していなさそうにしながらも緩慢に頷いた。

『……あ、星を見る約束……』

『いいんだ。今はゆっくり休んだ方がいい。——星は、次の機会に一緒に見よう』

『……本当？　よかった。……わたし、どうしてかしら……すごく眠くて……』

そう呟きながらも、既に意識を保ち続けることができないのだろう。シルヴィアはオスカーに抱きしめられたまま、吸い込まれるように眠りに落ちてしまった。

そのまま、シルヴィアは翌朝まで眠り続けた。

そしてそんな彼女をオスカーは夜が明けるまで抱きしめ続けていた。

翌朝、シルヴィアの部屋を訪れた大司教から、オスカーの申し出が受け入れられたことが伝えられた。オスカーの存在なくしては、シルヴィアの純潔を守ることができなかったからである。

シェヴィリア国王夫妻は、息子の行動に仰天《ぎょうてん》していたが、彼らよりも先にディノワール国王が謝辞を述べたことで、夫妻は息子を叱責することができなくなった。

『今後はこっそりと会うのではなく、堂々と大聖堂の回廊を通って、ブランシュネージュに会われるとよろしいでしょう』

大司教の言葉は、オスカーが何よりも欲しかった免罪符だった。

以来オスカーは堂々とシルヴィアを訪ねるようになった。

――結局、シルヴィアにはあの夜のことは詳しく伝えていない。

薬で眠らされ、危うくさらわれるところだったとだけ話すと、シルヴィアは怖がりながらも素直に信じたようだった。

この夜の出来事はたちまち国中に知れ渡った。

シルヴィアが襲われたことは、人々に強い衝撃を与えた。しかし、その危機から隣国の王子が救い出したという結末が続いたことで、彼らはすぐに安堵することができた。

そしてこの事件をきっかけとして、ブランシュネージュを守ったオスカーは、人々から感謝を込めてナイトと称され、シルヴィアにとって特別な存在だと広く知れ渡るようになったのである。

だが、シルヴィアと自由に会うことができるようになった代償として、オスカーには一つの疑惑が残された。

あの夜の真相だ。

オスカーが殺めた男に、本当にシルヴィアは穢されていなかったのか。

オスカーが問いただしたとき、男は違うと言っていた。だが、あのとき既に男は本懐を遂げていたとしたら？　それを確かめるすべはなく、オスカーは男の言葉が嘘ではないと信じるしかなかった。そしてその疑念は、オスカーの心に澱となって残り続け、消えることはなかったのである。

けれどあの夜、オスカーが抱いたシルヴィアは、疑うべくもないほどにすべてが清らかだった。

シーツを染める破瓜の印を認めた瞬間、オスカーは心の底から安堵した。ようやく、あの夜にシルヴィアを守れたのだと確信できた瞬間だった。

そしてもうひとつ気がかりなこと。

あの抜け穴が人工的に作られたものであったとして、誰がその犯人なのか。おそらくあの二人組ではないだろう。大聖堂を囲む塀は決して薄くはなく、しかもそれなりに人通りのあるあの場所で、人一人が通れる穴を誰にも気づかれずに作るのは、きわめて困難であったと思われるからだ。

――内部に通じる者がいる。

そこまで考えれば、オスカーの脳裏に思い浮かぶ人物はごく限られていた。

「できることなら、これ以上お前を悲しませたくはないんだが……」

眠るシルヴィアの頬をそっと撫でながら、オスカーは吐息を漏らす。

シルヴィアは、オスカーが自分のせいで人を殺めたと信じている。火事の夜、身代わりとして自分と背格好の近い女性を殺めたのだろうと。

真実が異なることを、オスカーは知っている。だが、それがどうであれ、彼がシルヴィアのために人を手にかけた事実があることに変わりはなかった。

星降る夜、二人を殺めたことをオスカーは後悔していない。もしまたこのようなことが起きれば、迷わず同じことをしていただろう。

そして、シルヴィアがそれを知れば、間違いなく自分を責めるだろう。――今でさえ、オスカーの罪に強い自責の念を覚えているのだから。

だから彼女にあの晩の真相は決して伝えないし、今後も伝えるつもりはない。

そして、今回のことも――。

「お前はずっと俺にさらわれた不幸を嘆きながら、ここにいればいい」

――狂人の餌食になるよりは、多少なりともましなはずだ。

そう考えて、ふとオスカーは皮肉げに苦笑する。

「いかれているのは俺も同じか……」

シルヴィアを守るためならば、人の命を奪うことに微塵もためらいはないのだから。

だが、そうであっても、もうオスカーにはシルヴィアを手放すという選択肢はない。

やわらかな頬に手をすべらせながら、オスカーは静かに眠り続けるシルヴィアの唇に、そっと触れるだけのキスを落とす。

「愛してる」

その囁きは、愛の告白と言うよりは、どこか誓いめいた響きを帯びていた。

第六章　優しい嘘

どこか遠くで、小鳥のさえずる声が聞こえた。

もう夜明けなのだとぼんやり考えながらシルヴィアはわずかに身じろぎする。

瞼越しに感じる朝の訪れ。

いつもと何ら変わりのない感覚に、シルヴィアはゆっくりと瞼を押し上げた。

天井をぼんやりと見上げながら、ふと覚えた違和感。その理由をたどり、シルヴィアは昨日の記憶が途中で途切れていることに気づいた。

そしてその原因を思い出し、あ、と呟く。

「わたし……」

昨日意識を失う前、オスカーに薬を飲まされた。

のろのろと体を起こし、シルヴィアは自分の手元を見下ろす。

いつもと変わらない視界が広がっていた。手を伸ばしたくらいの範囲がかろうじて認識できる程度の、あまりにも狭いシルヴィアの世界。

顔をカーテン越しの窓へと向ける。

夜明けと言ってもまだ外は暗い。けれど昼間よりも夜の方が視界が利くシルヴィアには一番好きな時間帯だ。大聖堂で暮らしていた頃は、いつもこの時間には目覚めていた。

ここへ来てからは、夜ごとの行為の疲労から目覚めるのは昼過ぎになってしまうことが多くなっていたから、こんなに早く目覚めるのは本当に久しぶりだった。

寝台を降りて窓へと近づき、重いカーテンをそろりと引く。空には明けの明星が輝き、地平線の彼方にほのかに淡い紫の帯が広がっていた。視力の弱いシルヴィアにはその情景がはっきりと見えているわけではない。だが、ぼやけていても色彩の美しさは確かに見えていた。

「――ああ……」

この美しい世界が見えなくならずにすんで良かった。

感慨深くシルヴィアは胸を押さえる。

どのくらいそうしていたのか、やがて地と空が交わる部分が明るさを増していくようになると、シルヴィアは今見えている光景を慈しみながら、そっと瞼を閉ざした。

彼は、やはり変わっていない。あの頃と同じようにシルヴィアを大切に思ってくれている。

一晩経った今なら、冷静に考えることができる。昨日、シルヴィアの前に現れたオスカーは、ひどく焦っていた。苛立ちの気配に隠されてはいたが、確かにシルヴィアを案じていた。少し強引な行為も、シルヴィアの目を守ることを第一に考えていたからこそだ。

そして意識を失う間際、彼が呟いていたあの台詞。あれはきっと彼の真意だ。

「……オスカー……一体、あなたは何を隠しているの……？」

それが自分に関わっているということだけはわかる。そしてそれを、オスカーは知られたくない。

けれどそれでいいはずがない。――だから。

――もう一度、あなたと話がしたい。どうしてこんなことをしたのか。その理由《わけ》を知りたい。

「オスカー……」

胸に込み上げる強い決意と共に、シルヴィアは徐々に青さを増していく空に背を向けた。


いつもよりも早く目覚めたせいか、部屋に侍女が訪れる気配はまだなく、かといって別段催促《さいそく》するつもりもなかったシルヴィアは、自分一人で身支度を調えた。

これまではいつも一人で行っていたことだ。慣れているし、その方が気が楽だった。

洗面をすませ、シュミーズの上から簡素なコルセットを着ける。薄い布を重ねたペチコートを穿き、なめらかな生地のローブを纏う。そして最後にヴェールを被ろうとしたとき、ふと扉の向こうに人の気配を感じた。

——テレーズ？

いつもシルヴィアの世話をしている侍女の名を心中で呟きながら、声の漏れ聞こえる方へと近づく。

声は侍女の控え室の方から聞こえていた。シルヴィアがすでに起きているとは思っていないのだろう。その時シルヴィアは何故かはわからないが、声を出してはいけないような気がして、そっと扉に耳を押し当てた。

「それにしても解雇にならずにすんで良かったわね」

「ええ。厳しく叱責はされたけど……あの時あなたが話しかけてきたからうっかりして……」

「あれはあたしも反省してるわ。だけどいいじゃない。あのブランシュネージュにお仕えできるなんて、あなたがうらやましいわ、テレーズ。あたしなんて、この離宮で働けても、ブランシュネージュに直接お会いすることは許されていないいんだもの」

「だけど、必要最低限の会話しか許されていないのよ。国のことは一切話したら駄目だなんて、お気の毒すぎるわ。だからその話題を持ち出されると、いつも逃げるように部屋を出ないといけないから、心苦しくて……」

「ああ、国で起こったこと、ブランシュネージュには内密に、ということだったわね。

「……じゃあ、まだご存じないの？」

「ええ。姫様は陛下の嘘を信じたままよ。お二人がお気の毒でならないわ」

声は二人分。一人はいつもシルヴィアの世話をしている侍女のテレーズ。もう一人はシルヴィアの記憶違いでなければ、昨日扉ごしに聞こえた女の声に似ていた。会話の内容から察するに、声の主もここで働く侍女で、あの日テレーズが鍵をかけ忘れる原因を作った張本人のようだった。

彼女の態度の素っ気なさの裏にはそんな事情があったのかと知るも、そのことよりもシルヴィアは今の二人の話に気をとられていた。

——嘘って何？　オスカーが、わたしに嘘をついている？

彼が隠していることがあるとは感じていたが、まさか嘘をついているとは思わなかった。

これまでのオスカーとの会話を振り返る。

大聖堂の火事のこと。国境を越えてさらわれてきたこと。それを隠蔽するために、殺人を犯して偽装工作を行ったこと。

そのどれかが——それともすべてが偽りだというのだろうか。

いずれにしても、この誘拐の裏には何か事情があったということだ。

それならどんなにかいいだろうとシルヴィアは心から願いながら、続く二人の会話に神経を集中させる。

「だけど、ひどいわよね」

潜めながらも憤慨したような侍女の声に、テレーズが苦々しげに「本当ね」と返している。

「エヴァルトの熊が無類の女好きだっていうのは有名だけど、まさかあの方がね……」

——あの方？

シルヴィアは浅く眉根を寄せる。

フリードリヒのことはさておき、彼女らの話している『あの方』とは一体誰のことを指しているのだろう。

「火事だって、あの方が仕組んだのでしょう？」

「ええ。姫様がその火事に巻き込まれて亡くなったことにしようだなんて、とても信じられないわ」

「実際陛下が救出に行かれなかったらと考えると、ぞっとするわ。計画通りなら姫様はエヴァルトへ秘密裏《ひみつり》に運ばれる手はずだったんでしょう？」

恐ろしいわ。と相手の声に嫌悪感が滲んだ。

「焼死と偽装して、他国の王に差し出すなんて信じられないわ。いくら姫様を厭《いと》っているからって、実の妹にそんなひどい仕打ちができるものかしら」

——え。

シルヴィアはその場に凍りついた。

「しっ、声が大きいわ」

テレーズのたしなめる声がして、部屋がしんとなった。ややあって、ため息交じりにテレーズが再び話し始める。

「とにかく……だから、陛下は真実を姫様に知られないようにって、箝口令《かんこう》を敷いてらっしゃるのよ」

「そのために、ご自分が悪者になって？　そんなのあんまりだわ」

「……納得いかなくても私たちは従うだけよ。それに――」

侍女たちの会話は続いていたが、もうシルヴィアの耳には届いていなかった。

――兄が、わたしを厭うていた……？

「嘘よ、そんなはず……」

足元がぐらりと崩れていく気がした。

いつも、シルヴィアのことを大切にしてくれた兄アンドリュー。シルヴィアの記憶にある兄は、いつも優しく微笑んでいた。兄から辛く当たられたことなど一度もない。その兄が本当はシルヴィアを疎ましく思っていた。

とても信じられる話ではなかった。

けれど、彼女たちの話が嘘なら火事の犯人はやはりオスカーということになる。それもまた、シルヴィアにとっては受け入れがたい話だった。

一体何が真実なのだろう。オスカーを、兄を信じたい。なのに、すべてが曖昧で信じ切ることができない。

――いつからわたしはこんなに疑り深い人間になってしまったのだろう。

だが、それは裏を返せば、これまではただ漫然と日々を過ごしていたということだ。何が真実なのか自分から知ろうとせず、ただ与えられるものだけを疑いもせずに受け入れていたというだけ。そうすれば、日々を平穏に過ごすことができるから。

――それを、〝信じている〟と言えるの？

自分で自分が嫌になり、シルヴィアは扉から身を離すと、緩慢な動きで踵を返した。

ゆっくりと庭の方へ向かって歩く。やがて窓辺へとたどり着き、指先が厚い生地に触れる。

カーテンを開けた瞬間、強い光が瞼越しに目を射した。

「……っ」

くらりとふらつき、倒れそうになる。とっさにカーテンにしがみついて持ちこたえると、再び足を進めた。――朝日が照らす、明るい庭へと。

遮光のヴェールをしていないから、瞼を閉ざしていても視界が真っ白に染まっている。

こんなにも眩しい世界を歩いたことは、これまでに一度もない。昨日、脱走を試みたときでさえ、疼痛は感じてもこれほど苦しくはなかった。まだ庭に出ていくらも経っていないのに、眼球の奥深くに激しい痛みが起こり、皮膚の表面がちりちりとしていた。

それでも歩くことをやめようとは思わなかった。いっそこのまま太陽に焼かれて、跡形もなく消えてしまいたかった。

胸が、どうしようもなく苦しかった。

「お兄様……」

どうしてなの？　わたしは、本当はお兄様に嫌われていたの？

わからない。何も――何も、わからない。

「わたしは、何を信じればいいの……？」

空に昇る太陽はまばゆい光と温かな熱を放ち、少しずつ地上を暖めていく。健常な人にとって快適な朝の世界は、しかしシルヴィアにとっては毒そのものだった。その中を、放心したようにふらふらと進んでいく。

「シルヴィア！」

どのくらいさまよっていたのか。

不意に視界が暗くなった。同時に聞こえた焦燥の混じる声。

「何をやってるんだ、しかもヴェールもしてないなんて！」

「……オスカー……？　どうしてここに……」

抱き上げられ、走る気配を体で感じ取りながら、シルヴィアはどこか他人事のように呟いていた。

部屋に着くなり、長椅子へと下ろされる。

「冷たい布を持ってきてくれ！」

半ば怒鳴るようにオスカーは叫ぶと、シルヴィアの前に膝をついた。

「痛むところはないか？　少し頬が赤くなってるな。待ってろ、すぐに冷やしてやるから——」

「オスカー……」

程なく慌ただしく侍女が運んできた冷水に布を浸して絞ると、オスカーはシルヴィアの頬にそっと当てる。

「痛むか？」

それをされるがままに受けながら、シルヴィアはかすかに頭を振った。

肌を冷やす行為はしばし続けられ、その間二人に会話はない。

「少し、赤みが引いてきたか……他に痛いところは無いか？」

気遣わしげな声でオスカーが問いかける。それに対しシルヴィアがぽつりと口にしたのはまったく違うことだった。

「……兄、は……」

「え？」

「兄は、わたしのことを疎ましく思っていたの？　……殺したいと、思うほどに……」

刹那、オスカーが息をのむ気配があった。

シルヴィアの頬に涙が伝う。目を閉じたまま静かに泣くシルヴィアには、その様子を見ている彼が、どんな表情を浮かべているのかわからない。

「それは——」

「お願い、本当のことを教えて。もう、嘘は沢山よ」

これまで、シルヴィアは何も知らなかった。何も知ろうとしなかった。そのせいでオスカーの気持ちから目を背け、兄の心にも気づくことができなかった。

ブランシュネージュは人を疑ってはいけない。すべての人を信じ、ありのままに受け入れることが、ブランシュネージュとしてあるべき姿なのだとこれまで信じてきた。

それでは駄目なのだ。すべてのものから目を背け、かりそめの安寧の中にいても、それは本当の意味での平穏ではないのだ。

疑わないことはある意味楽だ。自分で問題に向き合う必要がないのだから。

そうやって、シルヴィアはこれまで生きてきた。何も考えず、人々に守られることを当然と受け入れて。けれど、それはもう終わりにしなくては。

「わたしは、知らないといけないの。だからお願い、すべてを話して」

たとえそれが知りたくなかったことであったとしても、もうシルヴィアは目を閉ざして逃げるつもりはなかった。

「だが、そこで俺が真実を話すという保証はないんだぞ？」

「わかってる。……だけど、オスカーは嘘はつかないわ」

「どうしてそう言い切れる？」

「……だって、四つ葉のクローバーさえ満足に見つけることのできないような面倒な相手に、根気強く付き合ってくれる人だもの」

そのたとえはオスカーの意表をついたようだった。

長い沈黙の後、やがて広い室内にひとつ、彼のため息がこぼれ落ちた。

「その手で来るとはな」

語尾に続く苦笑に、シルヴィアもまたほのかに笑う。

「できることなら、お前には知られたくなかったが……」

もう一度ため息を落とし、オスカーはシルヴィアの隣へ腰を下ろす。

「これから俺が話すことは、お前にとって、きっと受け入れられない内容だ。だから信じろとは言わない。すべてはお前が決めることだ」

「……わかったわ」

こくりとシルヴィアは頷く。それを見届けてからオスカーはおもむろに口を開いた。

「そもそもの始まりは火事の起こる一週間前だ。俺のもとにコンラート大司教から信書が届いた。――近く、大聖堂が災厄に見舞われる。ついてはブランシュネージュを国外へお連れし、時が来るまでお守りいただきたい、と」

「……大司教様がそんなことを?」

「ああ。その中にはアンドリューの動きが怪しいとも書かれてあった。それで、部下を潜入させて探らせた結果、彼が何を企んでいるかがわかった。――アンドリューはあの夜、火事の混乱に乗じてお前をさらい、秘密裏にエヴァルトの国王に引き渡すつもりだった。――それを知った俺は、逆にその火事を利用してお前をここへ連れてきた」

「……わたしを、助けるために……？」

オスカーは苦笑した。

「そう言えば聞こえはいいが、俺がお前を欲しかったことも事実だ」

「だけど、どうして兄は……あんなに優しい兄がどうして……」

わからない、とシルヴィアは困惑するしかない。幼い頃から、アンドリューはいつでもシルヴィアに優しかった。そんな兄が、どうしてこんな恐ろしいことを企てたのだろう。

「……お前の知る兄と、俺の知るアンドリューは同じではないということだ」

「わたしの知る……？　どういうこと？」

「……あいつは、ずっとお前に嫉妬していた」

「嫉妬？」

兄にはおよそ相応しくない表現だと思った。

「だって兄は何でもできて、国民からも慕われて……」

何より、シルヴィア自身、アンドリューを心から尊敬していた。

「そう。あいつの有能さは本物だし、国民からも慕われている。だが、あいつがどれほど有能であって慕われていようとも、国民が一番に慕い敬うのは常にブランシュネージュであるお前なんだ。それがあいつには許せなかったんだ。国の一番が、自分ではないということが」

「……それは……」

否定の言葉を探したが見つからず、シルヴィアは口ごもる。

シルヴィアは幼い頃からずっと特別扱いをされてきた。シルヴィアが何をするにも周囲は敏感に反応し、彼女の一挙手一投足に注目してきた。それは、ともすれば過剰と言っていいほどだったが、彼女の特異な体質を思えば無理からぬことではあった。

つまり、女神の娘とされるブランシュネージュの容姿を受け継いで生まれたシルヴィアは、生まれながらにして『特別』だったのだ。

だが、そうは言ってもアンドリューとシルヴィアでは立場が違う。大聖堂で神に仕えるシルヴィアには、兄のように政を行い、国を治めることなどできないのだ。父亡き今、アンドリューは国王として立派に国を治め、民を導いている。シルヴィアがただ泣いていたときでさえ、彼は常に毅然と振る舞っていた。そんな兄を心から尊敬し、慕っていたのに――。

「納得するのは難しいだろうな。アンドリューはお前の前では優しい兄だったようだし」

「……お父様も……わたしを……?」

怯えたように問うシルヴィアに、オスカーはやわらかな口調で否定した。

「いや、アウラード陛下は心からお前を愛していた。――そして、同様にアンドリューの本質も知っていた。……だから、陛下はお前のことを俺に託《たく》したんだ」

「……え？」

――お父様が、オスカーにそんなことを？

「あの日……最後にお会いした日に、万一の時はどうかお前を守って欲しい――と」

「どうして、父があなたにそんな……」

驚くシルヴィアに、オスカーは困ったように笑った。

「陛下は俺がお前を愛していることをご存じだったからだよ」

「……え……」

思いがけない返答にシルヴィアはしばし呆ける。だが、ふと思い出したのは、病床で最期に交わした父との会話だ。

『シルヴィアは、オスカーが好きなのか？』

もしかして、父はオスカーの気持ちに気づいていたのと同様に、シルヴィアの気持ちにも気づいていたのだろうか。

『ブランシュネージュが幸せを望んではいけないということはあるまい』

きっと気づいていたのだ。だから自分が死んだ後のことを考え、シルヴィアをオスカーに託したのだろう。

オスカーはアウラードの意志を継ぎ、そして大司教の願いを受けて、シルヴィアを救い出した。そして、すべてを伏せた上でシェヴィリアへと連れ去り、彼女が国へ帰れないようにしたのだ。

「……あの夜、本当は何があったの……」

「シルヴィア、無理してすべてを知らなくても……」

「ううん、教えて。そうじゃないと、わたし……きっと後悔するから」

「………」

シルヴィアの心情を思い、オスカーはため息を漏らす。

「――あの火事の夜、アンドリューは見張りの騎士たちを薬で眠らせ、警備を手薄にした上で大聖堂に火を放った。そして、お前が逃げられない状況を作りあげると、フリードリヒをそそのかしたんだ。――お前の部屋の焼け跡からは焼死体が見つかる手はずになっている。だから本物が消えても誰も疑うことはないだろう、と」

言葉が出なかった。アンドリューはシルヴィアがどれほどフリードリヒを恐れているか知っている。その上で、彼は妹を差し出すことをためらわず、なおかつ相手を挑発さえしていたというのだ。

――わたしは、それほどまでにお兄様にとって目障りな存在だったの……？

「泣くな」

呆然としていると、ふわりと体を包まれた。

「そんなふうに泣くとわかっていたから、お前には知られないようにしてきたのに……まったく」

その口ぶりから、シルヴィアがどうしてこの話を知ったのか、おおよそ察しているようだった。

「だから……ずっとわたしに何も教えてくれなかったの……？」

知れば、傷つくとわかっていたから。そうなるくらいならいっそ、俺を憎めばいい。そう彼は願っていたのだろうか。

「すまない……こんなふうにしか、お前を守ることができなくて」

「……っ」

腕の中に包まれながら、シルヴィアは頭を振る。

声が出ない。

温もりが優しくて。彼の想いが深すぎて。

「オスカー……」

ずっと鳥籠に囚われているのだと思っていた。

けれど本当はそうではなく、鳥籠という名の彼の庇護によって、兄の企みから守られていたのだと、シルヴィアはようやく気づいた。

「ありがとう、オスカー……」

抱きしめる腕に力が込められる。その抱擁はとても安心できて。

彼の腕の中、優しい温もりに身をゆだねながら、シルヴィアは静かに泣き続ける。そんな彼女を、オスカーは何も言わずにただ抱きしめ続けていた――。

夜、シルヴィアは庭で一人座り込んで空を見上げていた。

空に瞬く星々をぼんやりと見つめていると、背後に草を踏む気配を感じた。

「またお前はこんなところに……誰かにさらわれでもしたら、どうするつもりだ」

呆れたような声と共に、肩にふわりと上着がかけられる。その手触りの良い生地に触れながら、シルヴィアは小さく笑んだ。

「その時は、またあなたが助けてくれるんでしょう？」

ゆっくりと肩越しに見上げると、オスカーは一瞬きょとんと呆けていたが、次いでふっと苦笑した。

「ああ。たとえどこへさらわれようと、必ず救い出してやる」

力強く頷かれて、シルヴィアは微笑んだ。

「あなたの匂いがする」

上着に頬を寄せながらシルヴィアが呟くと、オスカーが「ああ」と気づいたように言った。

「悪い、今日は少し暑かったからな」

汗臭いと言われたと思ったのか、いささか気まずそうな様子のオスカーに、シルヴィアはくすりと笑う。

「違うわ。あなたからはいつもお日様の匂いがするの」

「お日様？」

「そう。あったかい匂い。わたしにはないから……だから好き」

そのいつになくやわらかなシルヴィアの表情を、オスカーは半ば魅せられたように見つめる。

「……やっぱりかわいいな、お前」

「え……？」

顔を上げてオスカーを見れば、甘い微笑みを浮かべた彼と視線が繋がってしまい、なんとなく恥ずかしくなってシルヴィアは顔を伏せた。

顔が熱い。彼の視線を受け止めているところから、全身へと熱が広がっていくのが感じられて、余計に恥ずかしさが募る。

思えば、ここへ来てこんなふうに穏やかに言葉を交わすのは初めてかもしれない。

――どうしよう。何を話せばいいの？

意識するほどに顔が上げられなくなってしまう。

「それ、大切なものなのか？」

「……え……？」

不意に問いかけられて、シルヴィアはきょとんとした。

「ほら、その本。気がつくといつも持っているから。――あの火事の夜も、それを持っていただろ？」

「あ。……ええ」

隣へ腰を下ろした彼に、膝の上に置いていた緑の装丁の本を示されて、質問の意味にようやく気づく。

「……そうよ。とても大切なもの」

知らず口元に笑みを浮かべながら、シルヴィアは本の表紙をそっと撫でた。

「よほど好きな話なんだな」

「え？　——ああ、勿論内容も好きだけど……」

言いながら、シルヴィアは本の中ほどを開く。表紙こそ火事や摩擦のせいで所々ほつれてはいるが、中は外装に比べると幾分か状態は良かった。

開いたページからさらに数枚めくる。

「本当に大切なものは、この本じゃなくて、中にあるの」

「……中？」

「これよ」

めくっていた指が止まる。

少し黄ばんだページの中央に、それはまるで挿絵のように収まっていた。

「……四つ葉のクローバー？」

空気に触れないようにずっと挟まれていたせいか、それは長い年月を経てもなお、綺麗な緑色を保っていた。

意外なものを見た、というふうにオスカーはしばしその葉を見つめていたが、やがて何かを思い出したように、「あ」と呟いた。

「それ、俺が一緒に探した……？」

「覚えていてくれたの？」

「覚えていた、と言うか……火事の時でも持っていたくらいだから……」

もっと違うものだと思っていた、というのが伝わってきて、シルヴィアは苦笑した。

「わたしにとっては、何よりも大切なものよ。だって、これはわたし一人で手に入れたんじゃないもの」

「……シルヴィア」

「すごく嬉しかったの。わたしが見つけることができるように手伝ってくれたこと。だから、これは何があっても絶対に手放すなんてできなかった」

「……だから、あの火事の時も？」

シルヴィアは頷いた。あの晩、逃げようとして扉までたどり着いたのに、本を忘れたことを思い出して取りに戻ったのだ。そのせいで逃げ遅れて危うく死ぬところだった。それでも――。

「あなたが、わたしのために見つけてくれたクローバーだもの」

「……それって……少しはうぬぼれてもいいってことか？」

どこか自信がなさそうに問いかけてくるオスカーに、シルヴィアは困ったように微笑む。

「……だから、わたしはずっとこの本を守り続けてきたのよ……」

「シルヴィア……！」

「……っ、あ」

勢いよく体がさらわれる。

「ずっと、お前に拒まれていると思っていた」

息苦しいほどの抱擁の中、彼の囁く声が聞こえた。

「そうしないと、諦めきれないから……だけど駄目だった」

会わなければ、きっとこの想いは諦められる。そう思っていた。

けれど、会えない時間が増えれば増えるほどに想いは募り、苦しさも募っていった。

「わたしはブランシュネージュとしてしか生きていけないのに……」

最後の方はかすれて今にも消え入りそうな呟きになっていた。

「言うな」

「だけど、オスカー……」

「お前に咎はない。すべては、俺が背負うべき罪だ」

「そんなこと……っ」

「俺は、ずっとお前が欲しかった。だから、アンドリューのことを口実にお前を穢し、国へ帰れないようにしたんだ」

「それは、あなただけが悪いんじゃないわ」

シルヴィアは頭を振る。

体を奪われ、絶望の中で涙を流しながらも、いつしか心の奥底では彼に与えられる快感を享受している自分がいた。――嫌と叫びながらも、彼に抱かれることを望んでいる自分が、確かにいたのだ。

「ブランシュネージュは、誰よりも清らかな心を持たなくてはいけないのに、あなたに触れられることが、いつしか喜びになっていたの。――わたしはとっくに資格を失っているのよ。だから、あなたのせいじゃない」

オスカーを見上げて笑顔を作ろうとしたけれど、泣き笑いになってしまう。その泣き顔をオスカーが苦しげに眉をひそめて見つめる。

「そう仕向けたのも俺だ。――だが、今だけはその罪に目をつぶってくれ」

彼の腕に抱き上げられる。彼が何を望んでいるのかわかっていたけれど、シルヴィアはあらがうことなく彼に身をゆだねた。なぜなら、シルヴィアもまた、彼に抱かれることを心から望んでいたのだから。

こんなにも堕落してしまったシルヴィアを、女神は許さないだろう。

それでも構わなかった。たとえ地獄に堕ちてもいいとさえ思えた。

シルヴィアはもう知ってしまったから。――愛する人に愛されるということが、どれほど幸せであるかを。

シェヴィリアへ来てからずっと、シルヴィアは夜の訪れを恐れていた。

正確には、夜の訪れと共に現れるオスカーを。

だがそれは、彼に無理矢理体を拓かれることよりも、むしろその行為によって、淫らに狂っていく自分自身を恐れていたからだ。

けれど今は――。

「あっ、ん……」

運ばれた寝台に下ろされるなり、スプリングをきしませてオスカーが覆い被さってくる。昼を重ね合わせながら、性急な手つきで夜着の襟元が乱されていく。

これまですべて受け身だったシルヴィアには、どう応えればいいのかわからない。それでも、この行為が一方的ではないのだとオスカーに伝えたかった。

「ま、待って……」

「駄目だ、待てない」

「違うの、わたし……まだ、言ってないから……」

「言ってない？」

夜着を脱がす手を止めたオスカーが、不思議そうに見つめてくる。そうやってじっと見られると、かえって言いにくいと今更のように少し後悔してしまう。次第に熱くなる頬を自覚しながら、シルヴィアは今にも消え入りそうな声で囁いた。

「……好きよ……」

「……シルヴィア……」

「わたしも……ずっと好きだったの……あなたのこと、八年前に出会った時から……」

オスカーがぽかんとしたまま絶句している。何を言われたのかわからないといった様子だった。彼がそんな表情を浮かべるのを、シルヴィアは初めて見た。

そして、その端麗な顔がくしゃりと苦笑にゆがむのと、彼が「まったく」と呟くのはほぼ同時だった。

「どうして、お前はそんなかわいいことばかり言うんだ」

「……え……かわ……？　んうっ」

きょとんと目を瞬くシルヴィアの唇に、オスカーがかみつくように口づける。

「ふあっ、あ……っ、んん……っ」

重ね合わせるだけの行為は、すぐに深いものへと取って代わった。唇を割って滑り込んできた舌にねっとりと絡められ、シルヴィアが堪えきれずに甘い声を上げてしまう部分ばかりを執拗にくすぐられる。

口づけだけで酔ってしまいそうだった。

けれどこれが始まりに過ぎないことは、シルヴィア自身が一番よく知っていた。

彼の唇がシルヴィアの首筋をすべっていく。細い鎖骨や華奢な肩へ、すべての肌に口づけるように彼は唇を押し当てていく。

心地よい刺激に陶然としていたシルヴィアの耳が、静かな音を拾った。

「……雨、が……」

「ん、……ああ、降ってきたな」

キスの合間にオスカーが低く答える。

「……本……」

その時になって、手元に本がないことに気づいた。庭に置いてきたのだろうか。もしそうだとしたら、この雨でクローバーが痛んでしまう——。

「オスカー、本が……」

「後で取りに行けばいい」

オスカーの手が襟元に触れる。あ、と思ったときには、薄い布はぐいと引き下ろされ、小ぶりな乳房がふるりと揺れながらこぼれ出ていた。

むき出しにされた膨らみは、たちまち彼の大きな手に包まれて、いやらしくゆがめられていく。

「はあっ、あっ……おねが……本が……」

徐々に濃密さを増していく行為に、シルヴィアは焦りを強くしながら身を捩らせる。

「濡れちゃ……お願い……取りに行か、ああっ」

つんと立ち上がっている乳首に吸い付かれ、シルヴィアは反射的に背をしならせてしまう。

——どうしよう、大切なものなのに。

「まって、や……あっ、あぁっ」

けれど、どんなに言ってもオスカーが行為をやめる気配は微塵もなく、それどころかますますシルヴィアを乱そうと卑猥に画策してくるのだ。乳房を揉まれ、その先端を淫らに攻め立てられて、流されそうになってしまう。

――だめ、このままじゃ……。

シルヴィアは止むことのない愛撫に溺れそうになりながらも、どうにかこの行為を一旦やめてもらおうと懇願した。

「お願い、少しだけ待って……クローバーが……」

「――わかったよ」

不満げではあるものの、オスカーが仕方なさそうに口づけるのをやめて体を起こす。

「……あ、ありがとう……」

ようやくやめてくれたことにほっとしながら、シルヴィアは身を起こすと、夜着の襟を引き上げた。そうして寝台の端へと移動しかけ、枕の傍に見慣れた本を見つけて動きを止めた。

「え……っ」

古ぼけた、緑の布張りの本。シルヴィアが大切にしているクローバーを挟んでいる本が、何故か庭ではなくここにある。

「……え、どうして……」

つかの間その意味がわからずにぽかんと見つめていたシルヴィアだったが、ひとつの可能性に気づいて振り向こうとした。

「……っ、オスカー……っぁ……」

背中からすっぽりと抱きしめられる。薄い耳朶に彼の唇のやわらかさを感じて、シルヴィアは頬を赤らめた。

「これで心配事はなくなっただろ？」

わかってる、と言わんばかりの笑みを含んだ囁きが、直接脳へと伝わって、体をじんと痺れさせる。

「い、じわる……」

「どうして？」

くす、と笑いながら、オスカーの唇がシルヴィアの耳朶を口内に含む。そのままゆっくりと舐めしゃぶり、じゅ、と唾液ごとすすられる。

「ふぅっ、ん……や……あ……」

緩やかな官能に小さく身を震わせるシルヴィアを抱きしめたまま、オスカーは彼女の耳を愛撫し続ける。そうしながら片手が夜着を引き下げれば、すっぽりと被るだけだったそれはあっけなく腹部まで滑り落ち、シルヴィアの白すぎる肌が薄暗い室内に浮かび上がった。

「あっ、んっ」

彼の大きな手に両胸を包み込まれ、やわやわと揉まれる。耳朶から首筋、肩へと、シルヴィアの白い肌に赤い痕を残しながら、彼の唇がゆっくりと下っていく。

肌をついばまれながら、きゅ、きゅっと指先に乳首を扱かれるたび、びくびくと体が勝手に揺れてしまう。お腹の奥がじんじんと甘く疼いて仕方がなかった。

「も……あっ、や……」

ふと目を下ろせば、彼の手の中で、自分の胸が卑猥にゆがめられている。その光景はあまりにも淫靡で艶めかしく、シルヴィアの息がたちまち乱れていく。

「や……オスカー……ああっ、も、や……っん」

首だけを後ろに向けてやめてと言おうとした口に、オスカーの端正な唇が覆い被さるように重なった。

彼の舌がシルヴィアの中に滑り込み、やわらかな舌に絡みつく。

「んっ、ふ……ふぁ……」

ちゅく、くちゅり、と卑猥な音を立てながら、二人の唾液が混ざり合う。

オスカーの右手が乳房から離れ、ゆっくりと腹部へと滑り降りて下着のリボンを引きほどく。そのまま薄布の中へと手を滑り込ませると、シルヴィアがためらいの声を上げるより先に、その奥へと指を埋めた。

「ああ……っ」

くちゅ、と指先が割れ目に沈み込んだ途端、ビリビリと痺れるような快感がほとばしり、シルヴィアはたまらず身を浮かせた。その反動で、下着と共に腰にわだかまっていた夜着がするりと滑り落ちる。

淫らな指はさらにシルヴィアの秘所をまさぐり、甘く攻め立てていく。

「だめ、……ああっ、あぁっ、や……ああっ」

「駄目じゃないだろう？　こんなに濡らして」

くちゅくちゅと粘着質な音と共に秘所をまさぐりながら、オスカーが楽しそうに囁く。

それが淫らだと言われているようでいたたまれず、逃げようとするほどに腰が浮いてしまう。気づけばいつの間にか四肢をつき、後ろからオスカーに愛撫される体勢になっていて、シルヴィアの羞恥心を煽った。

「や、こんな、ああ……っ」

「ああ、すごくいやらしいな」

「……っ」

獣のように腰を高く上げ、性器を相手に見せつけながら感じている。

そうやって恥ずかしがるほどにオスカーの興奮は増し、愛撫にも熱が入っていくのだが、そんなことは初心なシルヴィアにはわかるはずもなく。

「わかるか、ここが物欲しげにヒクヒクしてる」

「やあっ、ん……！」

いやらしい手つきで蜜口を弄られた瞬間、ひくりと蠢く陰唇の奥から甘露があふれた。

その卑猥すぎる光景は、オスカーの目を釘付けにする。

聖なる娘と謳われる彼女がこんなにも淫らに乱れる姿など、一体誰が想像できるだろう。こんな彼女を知っているのは――彼女を快楽に溺れさせることができるのは自分だけ。その優越感と独占欲が、オスカーの雄を限りなく高ぶらせていく――。

「……たまらないな」

欲情にかすれた声に重なるように、衣擦れの音が聞こえる。彼が服を脱ぎ捨てているのだと気づいたときには、大きな手に腰を掴まれていた。

とろけきった蜜口に、熱く硬いものが押し当てられる。

「……ぁ……っ」

もうそれが何かなんて、見なくともわかる。夜ごと、それに与えられる強烈なまでの快楽を、体が覚えてしまっていた。無意識に官能を期待する体が、再び蜜をあふれさせながら陰唇をひくつかせれば、当然その様子を見ていたオスカーが苦笑した。

「そんなに煽るな」

「……あっ、ああっ」

蜜を纏わせるように亀裂に数回往復させた後、限界まで怒張した彼の熱がゆっくりとシルヴィアの中を押し拓いていく。その淫靡な感覚と、狭い中を支配されていく圧迫感に、シルヴィアは熱い息を吐きながら切なげに眉根を寄せた。

何度抱かれても、最初の挿入時には快感よりも息苦しさの方が勝ってしまう。それがわかっているからだろう。オスカーは強引に突き入れずに、自身を慣らすように前後させながら、ゆっくりと腰を押し進めていく。

やがて二人の肌が完全に重なり、最奥までが彼のもので満たされれば、圧迫感を凌駕する充足感に支配されて、シルヴィアは思わずため息を漏らした。

「ん、ふぁ……」

彼自身を抱きしめる粘膜がねっとりと蠢動《しゅんどう》している。

──ああ、どうしよう。

気持ちよくてたまらない。彼を好きだと認めたからなのか、いつも以上に感じてしまう。

「今にもいきそうだな。中がびくびくうねってるのがわかるか？」

シルヴィアの身の内の反応は当然オスカーにも伝わっていて、彼が熱い息の下でからかうように囁いてくる。

「……っ、そんなこと……あ、ああっ」

彼が腰を使い出す。その高ぶりに、狙い澄ましたように弱い部分を刺激されると、シルヴィアは堪えきれずにはしたなく鳴いてしまう。

「……やっぱり、お前は体の方が素直だな」

くすりと耳元で笑われて、シルヴィアはかあっと頬を赤らめた。

「いいんだよ、それで。気持ちいいと感じることは悪いことじゃない。むしろ俺としては、お前が感じてくれて嬉しいんだから」

まるでシルヴィアの中に兆した罪悪感を感じ取ったようなタイミングで、オスカーが言った。

「……だから安心してもっと乱れろ」

「……え、あっ、やぁ……っ」

ぐ、と腰を摑む手に力が籠もったと思ったときには、がつがつと腰を打ちつけられていた。深く穿たれるたび、子宮が揺さぶられて脳髄《のうずい》が痺れるほどの喜悦《きえつ》に襲われる。

「ひ、あっ、ああっ、やぁっ」

気持ちよくて勝手に嬌声が出てしまう。彼の怒張が濡れた粘膜を擦るたび、えも言われぬ快さに襲われて、もっと強請りたい衝動に駆られる。

与えられる快楽を夢中でむさぼっていると、不意に右の乳房を鷲摑みにされた。

「ぁんっ」

抽送に合わせて揺れる乳房が、五指すべてを使ってゆがめられる。そうされながら硬く尖る乳首をつまんでこね回されると、たまらない淫楽に腕が震え、上体がくずおれてしまう。するとそれを幸いにと体を仰向けにされて、さらに膝裏を高く押し上げられた。

「はあっ、ああ……っ」

再び始まる力強い抽送に、シルヴィアの理性は確実にそぎ取られていく。

最奥を押し上げられるたび、全身が粟立つほどの深い快感に襲われる。

おかしくなる。気持ちよすぎて、気が変になる。

官能に熱せられた血液が全身を巡り、その熱のせいで頭の芯がぼうっとしてしまう。

何も考えられなくなって、ひたすらこの快楽の中に溺れてしまいそうだった。

「も……、あっ、あっ」

自分でも何を言っているのかわからない。やめて欲しいのか、もっとして欲しいのか。

だが、体は確実にオスカーの愛撫に応えていて、オスカーもまたそんな彼女の媚態に欲望を募らせていくのだ——。

愛撫に翻弄される中、熱い息を吐きながら、シルヴィアは絶頂の波がすぐそこまで来ていることに本能的に気づく。

「あ……っ、あ……オスカー、も……ああっ……」

膣内の変化と切羽詰まった表情で、彼にもシルヴィアが今にも達しそうだとわかったのだろう。

「好きなだけいくといい」

熱っぽくかすれた声で答えると、オスカーはふっと微笑んだ。

「お前が満足するまで何度でもいかせてやる。——夜は長いんだ」

「……っ」

艶を帯びた美貌に滲むあからさまな欲望に、理性よりも本能が反応した。

「あ、あぁ……！」

目の前が真っ白になる。その輝きの中に呑み込まれながら、シルヴィアは艶やかに鳴く自分の声を、どこか遠くに聞いていた——。

誰かに優しく髪を梳かれている。

その快さにシルヴィアはゆっくりと目を開く。少し眠っていたらしい。

「あ……」

ふと気づけば、彼の腕の中にすっぽりと包まれていた。

左の目尻のほくろが見えるほど近くに、彼の端麗な顔がある。眠りの余韻のせいか、ごく淡い紫の双眸はまだどこかぼんやりとしていて、彼の腕から抜け出すこともなく、おとなしく髪を梳かれるに任せている。

「オスカー……わたし、眠ってたの……？」

「少しだけな」

オスカーは微笑むと、シルヴィアのやわらかな髪にそっと指を埋めた。

「それ、好き……」

目を閉じて受けながら、シルヴィアはうっとりとため息のように囁く。

「そうか」

髪を梳きながらオスカーがくすりと笑う。

「じき夜が明ける。――もう少し眠れ」

「ん……」

小さく頷くと、シルヴィアは温かな腕に身をゆだねる。夢うつつだった意識は、さほどの時を経ずに、再び眠りの国へと戻っていった。

程なく立ち始めた寝息にオスカーは苦笑した。

「寝ぼけてたのか……？」

それでも構わないと思った。こんなにも無防備に身を任せてくれるなんて、これまでなかったのだから。

その穏やかな寝顔をオスカーはしばらく見つめていたが、やがて満ち足りたようにやわらかく微笑む。そうして、眠る彼女に一度触れるだけのキスを落とすと、心地よい疲労感に誘われるまま、彼も意識を手放した——。

かすかな物音に揺り動かされて、オスカーは目を覚ました。

身を起こし、時計を見る。あれからまだ一時間も経っていない。

ふと隣を見れば、純白の天使が静かに寝息を立てていた。

オスカーの腕の中で、少しだけ体を丸めて眠る姿は、羊水の中に浮かぶ胎児を彷彿とさせる。

「ほんと、かわいいな……」

しみじみと呟いて、オスカーは表情をやわらげる。見た目も勿論だが、彼女の場合姿だけではなく性格も言動も、何もかもがかわいいとオスカーは思う。大聖堂という神域で育ったからなのだろうか、彼女には俗世の女であれば誰もが持つ、悋気《りんき》や猜疑《さいぎ》といった厭わしい気質がまるでない。彼女が傍にいると、ひどく心が安らぐ。

ブランシュネージュと交わるとあらゆる病が癒える、というのはあながち間違いではないのかもしれない、とオスカーは考えて苦笑した。

長かった。八年間、ずっと想い続けて、この想いが叶うことはないかもしれないと絶望しかけたこともあった。けれど今夜、オスカーの腕の中で彼女は想いを告白してくれた。シルヴィアが自分同様にずっと想い続けてくれていたことに、オスカーは言葉にしがたい喜びを感じていた。

「愛してる」

そっと身を伏せ、シルヴィアの唇に口づける。うっすらと開かれたままの唇はやわらかく、このまま味わいたい欲望に駆られる。だが、オスカーはそれを理性で振り切って寝台から降りると、身支度を整えて扉へと向かった。

「なかなか出てこないから、真っ最中だったかと心配したぞ」

オスカーが部屋から出た途端、アビゲイルがニヤニヤと楽しげに冷やかしてきた。

「何の用だ」

それを完全に無視して、オスカーは淡々と問いかけた。この従弟は信頼は置けるのだが、いかんせん男女の色事に関してのデリカシーが欠落している。

そのくせ女には不自由していないというのだから、オスカーには理解できない。

オスカーがまったく反応しなかったことに、少しだけつまらなさそうにしていたアビゲイルだったが、すぐに本題に入った。

「コンラート大司教からの使者が来ている」

「大司教から？」

その名を聞いても、オスカーの表情に変化はなかった。心のどこかで予想していたからだ。

今回の一件では、彼の協力なくしては、誰にも見つからずにシルヴィアをさらうことは難しかっただろう。

おそらくはそのことで何かあったのかもしれない。

「──わかった、すぐに行く」

「お姫さんはどうする？」

「シルヴィアはここにいるのが一番安全だ」

言い置いて、返事を待たずにオスカーは歩き始める。

最後に会った時、コンラートは言っていた。

『この一件に、あなたは一切関与していない。ですからこの先、私の身に何が起こったとしても、あなたには無関係を貫いていただきたい。ひいてはそれがブランシュネージュの安全に繋がるのです』

シルヴィアを救い出して欲しいと大司教から頼まれたとき、オスカーに異論はなかった。だが、聞かされた計画の中に大司教自身に危険が降りかかる可能性があると知ると、オスカーは計画を遂行すべきか迷った。

『これは、私一人の考えではありません。亡きアウラード陛下の強い願いでもあるのです』

他に方法はないのかとためらうオスカーに、大司教は決意を促すように言った。

『シェヴィリア国王であるあなたには、ブランシュネージュを守る義務がある。――違いますか？』

別れ際『どうか、ブランシュネージュをお願いします』と彼は微笑んでいた。

その彼の身に何か起きたのかもしれない。

彼の志を受け継ぐのなら、使者に会うべきではないとわかる。だが何か胸騒ぎがした。それがただの懸念であることを願いながら、オスカーは足早に王宮へと向かった。

――それから数時間後。王宮に戻っていたオスカーは、離宮の警備を任せていた騎士から、シルヴィアが消えたという報告を受けることになるのだった。

第七章　女神の娘

　ガタンと大きな揺れに体を揺さぶられて、シルヴィアは目を覚ました。

　つかの間、今自分が置かれている状況に戸惑う。ガタガタと揺れる感覚と、規則的に地を踏む蹄《ひづめ》の音で、馬車の中にいることを思い出した。

「……あ……」

「お目覚めですか」

　かけられた耳慣れた声に、シルヴィアは顔を上げる。

「アデル……やっぱり、これは夢じゃないのね」

　込み上げるため息がヴェール越しに漏れ、向かい側に腰を下ろすアデルが沈痛な面持ちでうなだれた。

「申し訳ありません……」

　謝って欲しいわけではない。なぜなら、迎えに来た馬車に乗ることを選んだのは、他ならぬシルヴィア自身だったのだから。

今朝のことだ。オスカーが去った後、少しして目覚めたシルヴィアのもとに、何故かアデルが現れた。アデルはシェヴィリアの侍女のお仕着せ姿をしており、暗い室内でもわかるほどに青白い顔をしていた。

『お願いです、姫様。どうか大司教様をお助けください』

そう言い出すなり、アデルは堪えきれなくなったように泣き出した。

アデルの話によると、シルヴィアが火事で姿を消した後、程なくコンラートが捕らえられ、厳しい拷問を受けたのだという。

その後、コンラートの怪我の手当てを命じられたアデルは、彼のその無残な姿に絶句した。

『ご高齢の大司教様にあのような惨《むご》い仕打ち……もし、姫様の居所を話さないなら、命を奪っても構わないとのご命令だ、と拷問吏たちが話しているのを聞いてしまって……』

その話を聞いてシルヴィアは愕然とした。

『だからわたし、勝手とは思ったのですが、陛下に姫様の居場所をお伝えしてしまったのです』

すると、アデルはアンドリューからシルヴィアを連れてくるように命じられたというのだ。

『賢いお前なら、どうすることが正しいかわかるだろう？　なに、心配しなくても僕はシルヴィアに戻ってきて欲しいだけなんだ。お前だって、また彼女に仕えたいだろう？』

と、優しく微笑んで。

アデルはこれまでシルヴィアと同様に、アンドリューが優しい性質の王だと思っていただけに、この豹変ぶりにぞっとした。だが、断れば大司教の命はないと言われ、選択の余地などなかったのだ。それに、アデルはこの時、アンドリューの真意を知らなかった。知っていればさらに彼女は懊悩《おうのう》することになっただろう。

その話を聞いて、シルヴィアに行かないという選択肢があるはずもなかった。

湯浴みをする余裕もなく、肌を簡単に清拭するだけで慌ただしく身支度をすませる。着替えの手伝いをしたアデルには、シルヴィアがもう純潔でないことはすぐにわかっただろう。だが、アデルはそのことには一言も触れなかった。

そうして離宮をアデルの案内で出たのだが、途中で誰にも遭わなかった。そのことをいぶかしむと、アデルが申し訳なさそうに説明した。いつもの侍女は体調不良で代わりに自分が来たと偽り、騎士たちに睡眠薬入りの飲み物を差し入れたのです、と。

待機していた馬車に乗り込んでからは、馬車はひたすらディノワール へ向けて走り続けている。

車窓から見える空に太陽の姿は既になく、代わりに細い月が心許なく地上を照らしている。車内にはごく淡くランプが灯されていて、シルヴィアが目を開けていても苦痛を感じないように調整されているのは、アデルからのせめてもの配慮なのだろう。

「申し訳ありません、姫様……」

　再会してからこれまで、アデルはことあるごとにこの言葉を繰り返している。おそらく罪悪感に押しつぶされそうになっているのだろう。しかし、もとよりシルヴィアにアデルを責めるつもりなど毛頭ない。たかだか一介の侍女に過ぎない彼女に、国王の命に逆らうことなどできるはずがないのだから。

「あなたのしたことは正しいわ、アデル。大司教様を助けられるのなら、わたしだってきっとあなたと同じことをしたはずだもの」

「姫様……」

「アデルもわたしがここにいることを知っていたのね……オスカーのことも？」

「……はい。大司教様から……それに形はどうであれ、お二人が一緒になれるのならと、私もずっと思っていましたから。……なのに、お二人を引き裂いてしまって私……」

　言いながら、アデルは再び悄然《しょうぜん》としてしまう。

「だけど、あなたが無事で良かったわ」

「……姫様……」

　アデルはますますうなだれる。

「どうして、姫様はそんなにもお優しいのですか」

「優しくなんて。だって、アデルは小さい頃からずっと傍にいてくれたし、わたしには家族みたいなものだもの。心配するのは当然でしょう？」

穏やかに微笑みながら返すと、つかの間アデルは唇を噛みしめてうつむき、やがて声を殺して泣き出した。

その後、王宮に着くまで二人の間に会話はなかった。

夜更けになり、馬車はディノワール国に入った。それから、馬を交換して再び走り、やがて王宮が見えてくると、正門ではなく裏門から敷地内へ入る。そして、人気《ひとけ》のないあたりまで進んだところでようやく馬車は止まった。

シルヴィアはヴェールを外して白いローブの上から漆黒《しっこく》の外套を纏うと、目深にフードを被る。

「この先の離宮で陛下がお待ちです」

離宮、という言葉に皮肉を感じて、シルヴィアはそっと苦笑した。

馬車を降りてどのくらい歩いただろうか。振り返って王宮が遠く見えると実感できるほどには歩いた頃、アデルが言った。

「あれが離宮です」

月明かりのもと、白い壁に蔦を這わせたその建物は、人を寄せ付けず、ひっそりと息をひそめているような佇まいをしていた。

オスカーがシルヴィアのために用意した離宮も華やかな造りではなく、どちらかと言えば質素な外観をしていた。だが、シルヴィアが過ごしやすいように整えてくれた部屋や、豊かに生い茂る木々、そして彼女のために作ってくれた秘密の道の存在が、囚われの日々の中で慰めとなっていたのだ。

——ここは、とても寂しい。

ぽつんと建つ建物を見てシルヴィアは思った。

石のアーチをくぐって離宮の中へ入り、シルヴィアは驚いた。

建物の中には、窓がなかったのだ。否、あることはあるのだが、通常よりもずっと低い位置に申し訳程度にあるばかりで、この小ささでは日中であってもほとんど日が差さないだろう。外から見たときは、その外観の寂しさに気をとられて気づかなかった。

これではまるで牢獄だわ。とシルヴィアは思いながら室内へと進む。アデルの持っているランプがなかったら、天窓さえないこの室内は、まさしく真っ暗で何も見えなかっただろう。

部屋の中ほどまで進んだとき、シルヴィアは長椅子に誰かが座っていることに気づいた。

「やあ、お帰り」

「お兄様……」

耳に届く穏やかな声と、背もたれに体を預けて優美に足を組んでいる姿に、まるで王宮の兄の部屋にいるかのような錯覚を覚える。けれど今のシルヴィアに、兄に会えた喜びはなかった。訊きたいことが沢山あった。けれど、何から訊けばいいのかわからない。

ひとつだけわかるのは、兄があの頃のように優しく微笑みかけてくれることは、もうないということだ。

「お兄様、どうして……」

「ずいぶん捜したよ」

再び、ゆったりとした声が届く。だがその中に混じるかすかな苛立ちを、シルヴィアの耳は確かに感じ取っていた。

「ああ、アデル。もう少し明かりを強めてくれないか。この暗さは鬱陶しくて嫌になる」

「……はい」

つかの間の沈黙の後、アデルが仕方なく少しだけ明かりを強くする。それでもまだアンドリューは不満そうだったが、二度も言うのが面倒だったのか、すぐにシルヴィアへと注意を戻した。

「まさかあの火事から逃げ出すなんて、君には驚かされたよ」

「お兄様……本当に……あの火事は、お兄様が……？」

嘘だと言って欲しかった。

「まさか。僕が大切な君にそんなことをするわけがないだろう？」

シルヴィアの願いが通じたように、驚いたような反応が返される。かと思った直後、彼は鼻で笑った。

「なんて、言うと思ったのなら、君も大概おめでたいね。――どうせオスカーから聞かされているんだろう？」

取り繕うつもりなど微塵もないのか、さもつまらなさそうにアンドリューは鼻を鳴らす。

まるで別人のような兄の言動に、シルヴィアはショックを受けていた。

もはや火事を企てたのが兄だということは疑いようがない。けれど、ここへの道中、シルヴィアはひょっとしたらと思っていたのだ。オスカーがやむを得ずシルヴィアをさらったように、兄にもそうせざるを得ない切実な事情があったのではないかと。

それほどに、これまでのアンドリューはシルヴィアにとって良き兄であったから。

けれど、シルヴィアを見据える兄の冷たい眼差しが物語っていた。――すべては偽りだったのだと。

「……わたし、どうすれば良かったの……？」

シルヴィアがブランシュネージュであることは、生まれ落ちた瞬間から定められていたことだ。そしてそのことがアンドリューの矜恃を傷つけることになったとしても、シルヴィアにはどうすることもできないのだ。

「わたしの存在を、お兄様が快く思っていなかったことは知っているわ。だけど――」

「快くだって？」

シルヴィアの言葉をわざとらしくまねると、アンドリューは呆れたように失笑した。

「まったく、つくづくおめでたい女だね、君は」

「……っ」

残酷なあざけりの言葉に、シルヴィアは心臓を鷲摑みにされたような痛みを覚えた。

「快くなんて、そんな言葉で片付けないで欲しいね。君の存在に、僕がこれまでどれだけ迷惑してきたか知っているかい？」

「……え……？」

「君が生まれるまで、僕は世継ぎの王子として誰からも大切にされてきた。僕の言葉や行動に誰もが注目し、僕の優れた容姿や賢さを誰もが褒め称えたんだ」

こんなふうに自分自身に酔っているような話し方をする兄を、シルヴィアは初めて見た。

「それが、だ」

突然口調に苛立ちが籠もり、語気が荒くなる。

「それが、君が生まれてからというもの、周囲の反応は一変した。長く現れなかったブランシュネージュが生まれたと、皆まるで神にでも接するかのように恭しく君に仕えた。——見た目が言い伝えの娘に似ているからというだけで、皆が君を最優先して僕のことなんて見向きもしなくなったんだよ」

遠い昔、まだ王宮にいた頃。自分の周りにいる人たちは、優しく微笑んではいても、それがどこか作り物めいていたように記憶している。

あれはきっとシルヴィアが間違っても怪我などしないよう、常に用心していたからなのだろうと今ならわかる。

「そして、君はその状況がどれほど幸福なことなのかも理解せずに、お気楽に生きてきたんだよ。——僕の迷惑も顧みずに」

「そんな……だってお兄様、いつも一緒に遊んでくれて……」

「遊んで、くれて？」

シルヴィアの言葉に被せるように、アンドリューは意地悪く鼻で笑った。

「何を自分の都合のいいように解釈してるんだ。君が勝手に僕の部屋に来ていたんだよ。そのたびに、侍女たちが慌ててカーテンを引いて部屋を暗くして。本当に迷惑だった。夜でもないのに暗い部屋で遊ばないといけないなんて、冗談じゃなかったよ」

悪意の籠もった口調にシルヴィアの全身が冷えていく。

「それなら、断ってくれたらよかっ……」

「それができれば苦労はしないさ」

アンドリューが忌々しげに吐き捨てる。

「君に何かあれば、責められるのはいつだって僕だった。たとえ原因が君にあったとしても、何故それを止められなかったのかと、父から叱責されるのはいつだって僕だったんだ。――だからあの頃の僕は、君が十歳になるのが待ち遠しくて仕方なかったよ」

「……え？　十歳？」

シルヴィアが大聖堂で暮らすようになったのは五歳の時だ。

それがどうして五年も早くなってしまったのだろう。

その戸惑いが伝わったのだろう。アンドリューがふふ、と笑った。

「あれは、確か君が五歳の誕生日を迎える少し前だった。君がいつものように僕の部屋に来た。僕と遊ぼうと思ったんだろうね。その時、僕は偶然部屋にいなくて、代わりに描きかけのキャンバスが置かれてあったんだ。――それは、僕が父の誕生日に渡そうと思って描いていた肖像画でね……」

話しながら、アンドリューはその時の光景を思い浮かべているのか、ほの暗い笑みを浮かべる。

「君はその絵を見て興味を持ったんだろう。傍まで行ってその絵に触ろうとしていた。そこに丁度僕が部屋に戻ってきて、慌てて君を止めたんだよ。――触るな！　ってね」

アンドリューがいきなり語気を荒らげて怒鳴り、シルヴィアはびくりとした。

突然のことに驚いて呆然としているシルヴィアを、アンドリューが感情の消えた目でじっと見つめる。――と、その目が柔和な形へと変わった。

「ああ、驚かせたね。つい、その時のことを思い出してしまって」

唖然としたままのシルヴィアにアンドリューはにっこりと笑いかけると、再び何事もなかったように話し始める。その突然の豹変ぶりに、シルヴィアは兄に対して言いしれぬ恐怖を覚えた。

「君は、僕に押された反動で無様に転んだ後、何があったんだろうってきょとんとした顔をして僕を見上げていたよ。あの時ほどすっきりしたことはなかったな。ずっと邪魔で仕方がなかった君を思いきり払いのけることができたんだからね」

気味が悪いくらいの上機嫌でそこまで話すと、アンドリューは一度脚を組み直した。

「当然その後大騒ぎになって僕は厳しく叱責されたけど、微塵も後悔はなかったよ。むしろまたこんなことがあれば、それを口実に、今度はもっと強く君を突き飛ばしてやろうと思ったくらいだった。――その後すぐだよ。君が大聖堂へ行くことが決まったのは。僕は君に謝るふりをしながら、内心で狂喜したよ。これでようやく目障りな存在が消えて、また皆の注目が僕に集まるってね」

くすくすと笑うアンドリューは本当に楽しげで、シルヴィアは呆然と立ち尽くしたまま兄を見つめることしかできない。

――これは、本当にお兄様なの？

シルヴィアが無邪気に慕っていた兄は、妹に対して親愛の情を持つどころか、心の底から忌み嫌っていた。

おそらく父王はそのことがわかっていて、娘の身に何かが起こる前に大聖堂へ送ったのだろう。――アンドリューから引き離すことで、シルヴィアの身を守ろうと。

「だけど、結局は君がいなくなっても状況は大して変わらなかった」

再びアンドリューは話し始めたが、その声の調子は先ほどとはがらりと変わって淡々としたものだった。

「大聖堂に行って正式にブランシュネージュとなった君は、国内外のあらゆる人々から愛される存在となった。――結局、僕はいつまで経っても君以上の存在になることができなかった。いつだって僕は君の次だった。――たかが、色が珍しいというだけで、何の力もないくせに」

最後の一文には明らかな憎しみと侮蔑が込められていた。

「……だから、わたしをあの火事で……？」

「その方が、君が死んだように偽装しやすいからね。それに、他にも色々と都合が良かったんだ」

「……どういう……」

「父や大司教は、僕をずっと警戒していた。特に、大司教は僕が君に会うために大聖堂に来ることすら嫌がった」

「大司教様が、お兄様を？」

「父や大司教は、幼い僕がたった一度君を突き飛ばしたことを、いつまでも根に持ってね。たかだか子どものしたことだっていうのに」

煩わしげに呟いて、アンドリューは「だから」と続けた。

「それならと、君が大聖堂にいられなくなるように仕向けたこともあったんだけど、残念ながらそれはオスカーに邪魔をされてね」

「……オスカーに？」

過去にオスカーに助けられたことといえば、あの星降る夜に、侵入者に襲われた件だ。

「まさか、あの夜のことにお兄様が……？」

「あのまま遠くへさらわれて、男たちにぐちゃぐちゃに犯されてくれればよかったのにね。いいところで邪魔が入って本当に残念だったよ。結局今回の火事もただ建物と森が多少焼けただけだったし、色々と計画が変わって困ったよ」

困ったよ。と言うわりに全然そう聞こえないことがかえって恐ろしかった。

「ああ、困ったと言えば父上にも色々と手こずらされたな」

何かを思い出したのか、アンドリューは軽く笑った。

「父上は死ぬ間際まで、君の心配ばかりしていたからね。まあ、元々持病があったし、再発すれば命が危ないということも侍医から説明を受けているようだったから、余計に君のことが気がかりだったんだろうね」

そこまで話したところで、アンドリューは思わせぶりに一息ついた。

「ところが、あの男は君の将来を憂《うれ》うあまり、コンラート大司教に相談した。自分が死んだ後も君が安全でいるために、何をするべきかとね。――そして、あいつらはとんでもないことを考えついたんだよ、シルヴィア」

それが何かわかるかい？　と問いかけられるが、当然シルヴィアにわかるはずもない。

「わからないよね」と心中を読んだようにアンドリューは言うと、口角をゆがめて皮肉げに笑った。

「これまではディノワールとシェヴィリアはただの同盟国だったが、今後はシェヴィリアのさらなる後ろ盾を得るために、属国になると申し出ることにしたんだよ」

「……え……」

シルヴィアは唖然とした。

まさか、そんなことを父が考えていたなんて。

ディノワールは確かに小国だ。シェヴィリアの強大な軍事力と比べてもその力の差は明らかで、もし他国に攻め入られれば容易く攻め滅ぼされるだろう。これまでそうならなかったのは、ひとえにシェヴィリアの庇護があったからに他ならない。

だが、同盟国と属国では立場が違いすぎる。

父は本気でディノワールがシェヴィリアの支配下に置かれることを望んだというのだろうか。――世継ぎの王子であるアンドリューの地位を危うくしてまで。

「まさか、そんなこと、お父様が……」

そんなことまでするはずがない、と弱々しく否定するシルヴィアに、アンドリューは不快げに眉をひそめた。

「そのまさかを実行しようとしたんだよ。あの男は。たかだか、君を守るためだけに」

「……っ」

「だが、やはり神は僕の味方だったよ、シルヴィア。父は正式に使者を送り出す前に死んだ。コンラートは残念ながらまだ生きているが、やつの命運も尽きたも同然だ」

「大司教様を拷問したと聞いたわ。どうしてそんなひどいこと……」

シルヴィアの批難に痛痒《つうよう》など感じないとばかりにアンドリューは肩をすくめる。

「火事の後、君の身代わり用に準備した死体があるだけで、君自身がいなかったとフリードリヒから知らされたとき、真っ先に疑ったのはコンラートだった。だから、彼に教えてもらおうと思ったんだけど、これが意外と強情でね。どうしようかと思案していたとき、意外にもアデルが君の居場所を教えてくれて、助かったよ」

まるでアデルの方から喜んで協力したとでも言いたげな表現に、シルヴィアは眉をひそめた。

アデルからシルヴィアの居場所を聞き出したアンドリューは、オスカーの注意を引くために、コンラートの部下を装った騎士をシェヴィリアの王宮へ送り、同じ時刻にアデルにシルヴィアを迎えに行かせた。

「あいつは偽の司祭から、大司教が助けを求めていると聞いて狼狽えているんじゃないのかな？」

まるでゲームが上手くいったように得意げに話しながら、アンドリューは小さく笑う。だがその内容はとても楽しく笑えるようなものではなかった。

「……それほど目障りだったのなら、どうしてわたしを連れ戻そうなんて……」

アンドリューとしては、あのままシルヴィアを死んだものとして扱った方が都合が良かったのではないのか。

「仕方がなかったんだよ。あの熊――フリードリヒとの取引があったからね」

「取引？」

「フリードリヒは、君の身柄と引き替えに、この先百年間無償で武力を提供しようと持ちかけてきた。――つまり、シェヴィリアに代わって後ろ盾になると言ってきたんだよ」

「……え……」

シルヴィアは唖然とする。オスカーの話では単にシルヴィアをあの火事から連れ去るようそそのかしただけだと思っていたが、さらにそんな密約まで交わしていたというのか。

「いい話だと思わないかい？　この先放っておけば、シェヴィリアは今後ますますディノワールに干渉してくるだろう。だが、そこにエヴァルトの守護があれば、僕の地位は安泰だ」

くすくすと楽しげに笑う兄を、シルヴィアは心底恐ろしいと思った。——もはや常軌を逸している。

オスカーが言っていたことを思い出す。

『お前の知る兄と、俺の知るアンドリューは同じではないということだ』

あれは、こういう意味だったのだ。

「ねえ、シルヴィア。君をフリードリヒに引き渡せば、すべて上手くいくんだ。それをあの火事の夜君が勝手にいなくなるものだから、彼がえらく機嫌を損ねてね。次にもし約束を違えたら、この話は反故にするとまで言い出すものだから色々と大変だったよ」

まるでシルヴィアに非があるような言い方だった。だが、そうせざるを得ないという言い方は、小国ディノワールの立場の弱さを如実に物語っていた。

しかし、あの強欲なフリードリヒが自分を手に入れたというだけで、百年もの間無償で武力を提供するなど、そんな都合の良い話があるのだろうか、とシルヴィアは思わずにいられない。

あの男が王位について以来、エヴァルトが急速に領土を拡大したことはシルヴィアも知っている。ディノワールがエヴァルトの『新たな領土』にならない保証がどこにあるというのだろう。それがわからない兄ではないだろうとシルヴィアは思いたかった。

――それとも、他に何か考えが……？

そう思ったとき、不意にひとつの考えが頭に浮かんで、シルヴィアは慄然とした。

まさか、兄はシェヴィリアとエヴァルトが争うように仕向けているのではないか。

シルヴィアという餌《えさ》をまき、欲しければ奪えと。現に、オスカーは国王の身であるにもかかわらず、火事の夜、危険も顧みずに大聖堂に乗り込んでシルヴィアを救い出した。これがもし、エヴァルトへ連れ去られた後だったら――？

「お兄様……まさか、シェヴィリアとエヴァルトが戦争を起こせばいいと思っているの？」

オスカーがシルヴィアを大切に想っていることは、当然アンドリューも知っている。ならば、その感情を利用しない手はないだろう。それを証拠に、おそるおそるたずねたシルヴィアに対して、アンドリューは意味ありげに口角をゆがめてみせたのだ。

なんて卑劣な――。これが、あの優しいと慕っていた兄の本当の顔なのだ。

――狂ってる。

ようやく兄の真意を知っても、シルヴィアには為すすべがない。

「お願い、お兄様、こんなことやめて。争いを起こそうなんて、そんな恐ろしいことを考えないで」

「ずいぶんと賢しらに言うじゃないか」

「……っ」

冷たく言い放つと、アンドリューはふんと鼻で笑った。

「それより、自分の心配でもしたらどうだ？」

「え？」

「じき、ここにフリードリヒが来る。君を迎えにね」

「……えっ」

ぎくりと身をこわばらせるシルヴィアに、アンドリューが薄く笑う。

「彼はいたく楽しみにしているよ。ずっと欲しかった君を、ようやく手に入れることができるってね」

「……っ、そんな……」

大聖堂にいた頃、あの男にいやらしく腰を撫で回されたことを思い出して、シルヴィアはぞっとした。あんな男に好きにされるくらいなら、死んだ方がましだった。

「オスカー……」

今ここにいない、けれど今一番ここに来て欲しい人の名を、シルヴィアはすがるように呼ぶ。

「あいつは来ない。気づいたとしてもその頃には君はフリードリヒの寝台の上だ。なんでも、フリードリヒは呆れるほどの絶倫と聞くし、やつの子種をたっぷり注いでもらうといい」

　そのおぞましい表現に全身が震えた。

「……っ、い、いや……お願い、お兄様……」

「ああ、君のそんな怯えた顔を見られて嬉しいよ。そんな顔をもう見られないと思うと少し残念な気もするね」

　もはや何を言っても無駄なのだと、今の兄の言葉で悟る。兄にとって、自分は輝かしい王位に影を落とす忌まわしい遺物でしかないのだ。

　ちらりと隣を見れば、傍らに控えるアデルが、気遣わしそうに見つめている。

「ああ、そうだ。君にいいことを教えてあげるよ」

　侍女の方へ注意を向けたことが気に入らなかったのか、それとも純粋にいいことを思い出したからなのか、アンドリューが立ち上がりながら言った。

「この離宮、どう思った？」

「……どうって……」

　先ほど感じたことを言っていいものか考えあぐねていると、別段答えを求めていなかったのか、すぐにアンドリューは口を開いた。

「陰気で、地味だろう？」

「……どうしてこんな建物が？」

「ここはね、シルヴィア。ブランシュネージュではなくなった王女が、その後の余生を送るための場所なんだよ」

「……え……」

シルヴィアが驚いたことが嬉しかったのか、アンドリューの笑みがさらに深まる。

「驚いたかい？　だが驚くのはまだ早いよ、シルヴィア。ブランシュネージュの体には、あらゆる病を癒やす力があると信じられているのは、君も知っているだろう？」

「え、ええ。だけど、そんな力は……」

「ない。だが、一部の狂信的な者たちは、君が霊薬だと本気で信じている。君と交わることで病が癒えるなら、あらゆる危険を冒してでも彼らは君の寝所へと忍び込むだろう」

事実、八年前にシルヴィアは襲われ、さらわれそうになった。その裏に兄の計略があったことまでは知らなかったが。

「そしてね、シルヴィア。君は知らないかもしれないけれど、ブランシュネージュは純潔を失った後も、その奇跡の力は体内に宿り続けると彼らは信じているんだよ」

「……え？」

シルヴィアは絶句する。つまり、一度襲われて純潔を失っても、病を癒やして欲しいと願う人にとって、シルヴィアの存在意義は何ら変わりないということなのか。

オスカーがかつて同じようなことを言っていたのを思い出す。あのときは国へ戻ることばかりを考えていたから、彼が本当に伝えたかったことに気づけないでいたが、こういうことだったのだ。

「だからね、純潔を失ったブランシュネージュがこれ以上襲われることがないように、ここが造られたんだ。窓も小さく、入り口には鍵をかけられるようにして」

「そんな……だけどこんな……これではまるで……」

牢獄のようだわ、とはとても口にできず、シルヴィアは押し黙る。だが、シルヴィアが言いたいことをすぐに察したのだろう、アンドリューが頷いた。

「そう。ここは牢獄だ。神の娘でなくなった王女はただの咎人なんだ。そして、本来なら君もここの住人になるはずだった。それが、こんな陰気なところじゃなくフリードリヒのもとへ行けるんだから、君は幸運だよシルヴィア」

「…………」

兄が自分のことを純潔ではないと思っていることはうすうす気づいてはいたが、それでもはっきりと言葉にされた瞬間、背中が冷えた。

「お兄様……」

「フリードリヒの寝所では、淫らによがらず、せいぜい痛がって処女だと思われるように振る舞うんだね。血袋も持たせるから、破瓜に合わせて破るといいよ。――まあ、君が既にオスカーに何度も抱かれて、あいつの子種を宿しているかもしれないとフリードリヒが知っても、それはそれで面白そうだけどね」

「……っ」

「陛下、姫様は……っ」

「お前に意見は求めてないよ、アデル」

冷ややかに言い放たれ、アデルは唇を噛んでうなだれる。その背に、シルヴィアはそっと手を重ねることしかできなかった。

そのとき、離宮の外で人の気配がした。石畳を踏む複数の靴音に、シルヴィアはぎくりと身をこわばらせた。

「うわさをすれば、君のお迎えが来たようだ」

「……姫様……っ」

怯えるシルヴィアの体をアデルが抱きしめる。けれど、体に回すアデルの手もまた震えており、来《きた》るべき瞬間に絶望していることがひしひしと伝わってきた。

ギイ、と錆びた蝶つがいのきしむ音と共に、ゆっくりと扉が開かれる。

戸口から照らされる明かりは弱く、まるで室内に光に弱い者がいることをあらかじめ察していているかのようだった。

こんな気遣いをあの王がするのだろうか、と軽い違和感を覚えつつもシルヴィアが固唾を呑んで見つめていると、ランプの明かりを背に受けて、ひとりの男性とおぼしき姿が現れた。

コツリと靴音を響かせて男が部屋に入ってくる。

その長身の影に威圧されて、思わずシルヴィアは一歩後ずさろうとして——不意に気づく。

風の流れか、ふわりと鼻をくすぐったのは、あの優しい匂い。

——まさか……。

シルヴィアの目には、まだ彼の姿形は判別できない。それでも、彼の纏う香水に混じるあたたかな匂いを間違えるはずがなかった。

「だから言っただろう。誰かにさらわれたらどうするつもりだって」

困ったような、それでいて優しげな叱責の声は、シルヴィアが今一番会いたいと願っていた人のそれだった。

「……オスカー……」

靴音が聞こえるたび、彼の姿がはっきりと見えてくる。

どうして彼がここに。

すらりとした長身と、闇の中でわずかな明かりを拾って輝く金色の髪。まっすぐに見つめてくる端麗な美貌を、シルヴィアはただただ見つめる。アデルが抱きしめる腕をほどいて、そっと離れたことにさえ気づかなかった。

オスカーは歩みを緩めることなくシルヴィアの傍まで近づくと、呆然としたままの彼女の体を包み込むように抱きしめた。

「間に合ってよかった」

「……っ」

安堵の滲む穏やかな声が耳朶に触れ、本当にオスカーが来てくれたのだと実感できたからだろう。硬くこわばっていたシルヴィアの体から力が抜けていく。手を彼の背に回して抱きつけば、さらに抱擁が強くなった。

「……オスカー……っ」

「必ず助けに来ると言っただろう」

「……っ」

「ま、待て！　何故お前がここにいる！」

突然のオスカーの登場に唖然としていたアンドリューだったが、はっと我に返ったように声を荒らげた。

途端、びくりと体をこわばらせるシルヴィアを抱きしめたまま、アンドリューとは対照的に冷静な口調でオスカーが答える。

「フリードリヒじゃなくて残念だったな、アンドリュー」

「な、何故……」

まさかこんなに早くオスカーが来るとは考えていなかったのだろう。アンドリューの顔には動揺が濃く浮かんでいた。

「お前は思い違いをしている。アンドリュー、大司教はたとえ命を落とそうとも、絶対に志を違えることのない方だ」

「なんだと？」

ぴくり、とアンドリューの頬が一瞬ゆがんだ。

「シルヴィアを託されるとき、あの方は言っていた。何があろうとも、絶対にシルヴィアを守って欲しいと。その『何か』の中に、あの方はご自身の命が含まれていることも覚悟されていた。そんな方が、このままでは命が危ういから助けて欲しい、などと司祭をよこすはずがないんだ。慇懃なだけの司祭まがいの部下をよこした時点で、お前の企みは失敗していたんだよ、アンドリュー」

「……っ」

「陛下……いや、今はもう前国王だが、あの方も同じお気持ちだった。シルヴィアは生涯を陽の差さない場所でしか生きていけない。だから、できる限りのことをしてやりたいのだと」

「くだらない。たかが陽を避けるだけのことじゃないか。何をそんなに特別扱いする必要がある」

はっ、と鼻で笑いながら吐き捨てるアンドリューの言葉を、オスカーの腕の中でシルヴィアは震えながら聞いていた。オスカーはそんな彼女を安心させるようにより深く包み込む。

「お前は何もわかっていないんだ、アンドリュー。お前の言うたかが日差しが、彼女にとってどれほどの障害になっているか。俺たちにとっては何でもない明るさは、彼女にとっては太陽の光を直視するよりも強い苦痛を伴うんだ。肌にしても同じだ。それをわかっていて、お前はそんなことを言うのか」

「それこそたかがだ。そんなに面倒な存在なら、ずっと暗闇に閉じこもっていればいいだけだろう。ここならうってつけじゃないか」

兄の言葉は見えない刃のようにシルヴィアの胸に突き刺さり、喉を詰まらせた。涙が勝手にあふれ、嗚咽が漏れた。

シルヴィアにとって、太陽の光が射す外の世界はずっとあこがれだった。

あの世界に出られたらどんな感じなんだろう。肌に受ける温もりは、炎であぶられるような苦痛とは違い、きっとずっと穏やかなのだろう。

この目では見られない色鮮やかな世界。感じることのできない温かな世界。

そんな叶わない願いを抱くシルヴィアを、アンドリューは理解するどころか、あっさりと切り捨てた。

「……お前のそんな性格をご存じだったから、アウラード前陛下もコンラート大司教もシルヴィアの将来を憂い、俺に託すことを望まれたんだよ」

ため息交じりにオスカーが呟く。

「何故お前がシルヴィア以上の存在になれないかわかるか？　その答えは簡単だ、アンドリュー。お前には人を思いやる心がない。常に自分が最優先で、相手を気遣う心がない。だから、常に相手を思いやり、心から慈しむことのできるシルヴィアに、お前が敵うはずがないんだ」

「……っ、黙れ！」

アンドリューは怒声を上げる。

「いい気になるなよ、オスカー。ここがディノワールだということを忘れてないか？　今なら命令ひとつでお前を捕らえることだってできるんだ」

「この部屋の奥に兵が控えていることは知っている。だが、それはこちらも同じだ。戦えば、お互い無事ではすむまい」

室内にはオスカーしか入ってきていない。だが、少なくない数の騎士が部屋の外に控えている様子は、アンドリューの位置からも見えたのだろう。オスカーを睨む彼の目に浮かぶ苛立ちが濃くなった。

その怒りを煽るように、オスカーは至極落ち着いた口調で告げた。

「ついでに教えてやるが、エヴァルトのフリードリヒはここには来ない」

「なんだと？」

アンドリューがいぶかしげに眉をひそめる。

「でたらめを言うな。彼はシルヴィアを……」

「その取引は無効だ。エヴァルト王に伝えておいた。ディノワール王はエヴァルトに出した取引を、シェヴィリアにも持ちかけていたと。――だからこそ、こちらもタイミングよくシルヴィアを連れ出せたのだし、その後彼女を国へ連れ帰ったのは勝者の当然の権利だと言ったら、あの態は『騙《だま》された』と怒り狂っていたよ」

「なっ⁉」

つかの間困惑の表情を浮かべていたアンドリューだったが、すぐにその意味に気づいたのだろう。彼の顔に動揺が浮かんだ。

「ついでに、ディノワールから打診されていた件についても、今回正式に受けることにしたと伝えておいた」

「打診？」

「ディノワールがシェヴィリアの属国になるという申し出だ」

「馬鹿を言うな、それは先代国王の世迷い言だし、そもそも国王が亡くなった時点で白紙に戻ったはずだ！」

「残念だったな、アンドリュー。国王直筆の信書は既に俺の手元に届いていたんだ。あの時はまだシルヴィアの身の安全が確保されていなかったから、うかつなことができなかっただけだ」

「な……」

怒りで赤くなっていたアンドリューの顔から、みるみる血の気が引いていく。

「……馬鹿な……じゃあ僕は……」

「そういうことだ。俺の気持ち次第では、今すぐお前を玉座から追放することができる。エヴァルトの不興を買ってしまった今、お前にとってどうすることが最善の策かよく考えてみるんだな」

「…………」

最後の台詞にとどめを刺されたのか、アンドリューががくりと長椅子に座り込む。

オスカーはシルヴィアをアデルに預けると、力なくうなだれるアンドリューの傍へ近づいた。

「だが安心しろ、アンドリュー。俺も悪魔ではない。お前が今後心を改めてくれるなら、お前の地位を奪うようなことはしない」

「……属国にはしないということか。ずいぶんと寛大な処置だな」

ふ、と皮肉げに頬をゆがめるアンドリューに、オスカーは表情を変えることなく淡々と告げる。

「アンドリュー、お前はシルヴィアに執着するあまり、これまで多くの人を傷つけてきた。その罪は、いかなる理由があったとしても許されるべきではない。ましてや、お前は一国を預かる国王だ。その罪の重さをお前は知らなければならない。そして、お前はそれを生涯かけて償っていくんだ。俺はそれを見届ける責任がある」

「…………」

アンドリューは答えなかった。

けれど力なく肩を落とした姿が、あえて言葉にしなくともすべてを物語っていた。

「シルヴィア」

　穏やかに名を呼ばれながら肩に触れられて、シルヴィアはゆっくりと顔を上げた。二人の会話を聞きたくなくて、途中からアデルの肩に顔を埋めていたのだ。

「……オスカー……」

　心細そうに見上げれば、オスカーが声同様に穏やかに微笑んでいた。

「帰ろう、シルヴィア」

「……ええ」

　部屋を出る前に振り向いたとき、兄はまだうなだれたままだった。

　何か声をかけたいけれど、何を言えばいいのかわからずに戸惑っていると、オスカーに肩を抱かれた。

「今は、何も言わない方がいい。あいつには、考える時間が必要だ」

「………………」

　所詮、疎まれている自分が何を言ったところで、兄を慰めることなどできないのだ。オスカーの言うとおりだ、とシルヴィアはうつむいた。

「気にするな。お前が悪いんじゃない」

　心情を察したように優しく抱き寄せられて、シルヴィアは小さく頷いた。

　オスカーに導かれて星空のもとへと出る。夜風に頬を撫でられながら、ようやく呼吸が楽になった気がした。

「アンドリューがなんと言ったかわからないが、あの離宮はブランシュネージュを閉じ込めるだけでなく、守る意味もあったんだ」

「え？」

来た道を歩きながら、オスカーは話し始めた。

「欲に駆られた信者に襲われたブランシュネージュは、大聖堂を去って王宮へ戻った後も、その体に宿る奇跡を信じる者たちによって、何度も襲われたそうだ」

「え……王宮？　離宮へ行くのでは……」

小首を傾げるシルヴィアに、オスカーが「いや」と呟く。

「離宮ではなく、彼女たちは王女として王宮へ戻っている。だが、王宮へ戻ったとしても割り当てられる侍女は以前に比べればはるかに少ない。体質故に婚姻も難しいし、冷たい言い方だが、役に立たない王女は王家にとってお荷物でしかなかった。だから、そんな彼女たちを守るにはどうしたって限界があったんだよ。だから、王女らが襲われても見て見ぬふり、ということもあったらしい」

女神の娘でなくなった王女らが置かれた境遇の惨さに、シルヴィアは胸が痛んだ。

「……だから、あの離宮に……？」

「それが、王女たちの望みでもあったんだ。これ以上神を裏切るくらいなら、一生陽の差さない暗闇にいた方がいい、と」

「そんな……」

　そんなの哀しすぎる。彼女たちには何ら落ち度はないのに、結果として身を穢されたからと、それさえも自分の罪と感じるなんて。彼女たちは静かに過ごしたかっただけなのに、そんなささやかな願いさえ抱くことは許されなかったのだ。

　再び込み上げる涙を堪えていると、察したオスカーが肩を抱く手に力を込めた。

「だから、ブランシュネージュでなくなった王女たちは、短命の者が多かったと聞いている」

「……わたしも、そうなるはずだったのね」

「だが、それはもう何百年も前の話だ。それにアウラード陛下も言っていた。ただの人でしかないブランシュネージュの生涯を、その姿の特異性ゆえに縛るのは馬鹿げていると」

「お父様……が……？」

「陛下だけじゃない。君の母上である王妃も同じ気持ちだったらしい。――だから、生まれ落ちた君を見た瞬間、涙を流しながら何度も君に謝っていた――と」

「お母様……」

　母である王妃は、シルヴィアを産んで程なく亡くなっている。

　母との記憶がないシルヴィアは、生前の母がどんな人だったのかを知らない。

　だからその母が、自分の将来を心から案じ、そして愛してくれていたことを知り、胸に熱いものが込み上げるのを感じた。

「皆がお前をブランシュネージュとして見ていたわけじゃない。シルヴィアとして愛していた人たちだっていたんだよ」

「……オスカー……」

生前父が病床で話していたことを思い出す。

『幸せになることを怖がってはいけない』

父はシルヴィアに、ブランシュネージュではない人生を望んでいた。そして、そのための手助けをして欲しいとオスカーに頼んでいた。母もまた、シルヴィアをブランシュネージュとして産んでしまったことを嘆き悲しんでくれていたのだ。

「お父様……お母様……」

シルヴィアの幸せを願っていた両親、そして大司教やアデル。

ブランシュネージュとしてのシルヴィアを求めるあまたの信者。

人生の岐路というものがあるのなら、きっと今がその時なのだろう。


話しながらだったからだろうか。

ゆっくりとした歩みにもかかわらず、離宮を出たときには遠くにあった王宮はすぐそこまで迫っていた。

「この先の通用口から出たところに馬車を待たせてある」

オスカーの言葉に、シルヴィアは即答できなかった。

「シルヴィア？」

名を呼ばれ、シルヴィアはオスカーを見上げる。その目に浮かぶ感情を読み取ったのだろう。オスカーの表情が陰った。

「来ないつもりか？」

「……わたしのためにひどい目に遭った大司教様を置いてはいけないわ。……それに、わたしはまだ生きてる。人々を騙し続けたままなんて、やっぱり……」

「シルヴィア」

彼の手を取るべきなのだと頭ではわかっている。父も母も、大司教さえ自らが傷つくことがわかっていて、それでもシルヴィアが幸せになることを望んでいた。――けれど、オスカーに守られ続けることが正しいのだとは、どうしてもシルヴィアには思えなかった。

「もう、ブランシュネージュじゃいられないことはわかっているわ。だけど……」

シルヴィアは言いよどむ。

シルヴィアはこの先一生オスカーとの秘密を抱えたまま生きていくことになる。ブランシュネージュをさらった上にその身を穢したとなれば、オスカーが批難を受けることは免れない。オスカーの名誉を守るためにも、シルヴィアは「純潔」でなくてはならないのだ。

そんなシルヴィアの気持ちを、オスカーも察しているのだろう。

しばしの沈黙の後、彼は静かに言った。

「……このままさらっていくこともできるんだぞ？」

「ごめんなさい、オスカー……だけどわたし……」

その先を続けることができなくて、シルヴィアは黙ってしまう。

二人の間に降りた沈黙。それを破ったのはオスカーの漏らした静かなため息だった。

「ここに残る道を選ぶとして、お前はもう俺に会えなくてもいいっていうことか？」

「えっ」

途端、弾かれたようにシルヴィアが顔を上げた。そんなこと微塵も考えていなかった。

「ち、違うわ、わたしそんなこと……」

「じゃあ、お前は俺にどうして欲しいんだ？」

オスカーの問いかけに、シルヴィアは迷う。

こんなこと言ってもいいのだろうか。勝手だと思われないだろうか。

迷いながら顔を上げれば、彼はシルヴィアの答えをじっと待っていた。

「あの……これまでのように会いに来て欲しい……って思うのは、わがまま……？」

「──ああ……」

返事を聞いたオスカーの口の端に、シルヴィアがそれと気づかないほど、かすかに笑みが浮かんだ。

「……そうだな。確かにわがままだな」

「……ご、めんなさい……」

自分勝手なことを言っている自覚はある。これまで散々守られてきたのに、勝手にその手をふりほどこうとしているのだから。もう会わないと言われるのはむしろ自分の方なのかもしれない。そう思うと、堪えようとしても涙が滲んだ。

「冗談だよ。なんとなくお前はそう言いそうな気がしてた」

「オスカー……？」

「心配しなくていい」

オスカーは穏やかに微笑むと、シルヴィアの目尻に滲む涙をそっと親指の腹で拭った。

「お前はこの世界じゃないと生きていけない。それを承知で俺はお前を愛したんだ。だから、これからも俺がお前の世界に行く。――ブランシュネージュじゃなく、お前に……シルヴィアに会うために」

それがオスカーの偽らざる本音なのだと伝わってくる。思えばいつだってオスカーはシルヴィアの気持ちを最優先してくれた。

「……ありがとう、オスカー……」

微笑むシルヴィアの頬を、涙が伝った。

「わたし、初めて好きになった人があなたで本当によかった」

「シルヴィア……」

オスカーが驚いたように目を瞠る。そうしてその表情がくしゃりとゆがんで、困ったような苦笑へと変わっていく。

「まったく、こっちはお前を強引に連れ帰りたいのを必死に堪えているっていうのに

「……」

「……あっ」

瞬間、きつく抱きしめられる。

息もできないくらい強く抱きしめられて、それでもシルヴィアはあらがわなかった。

――本当は、わたしもあなたと一緒に行きたい。

そんな想いを胸に、シルヴィアもまたオスカーにしがみつく。

シルヴィアにとって、オスカーは太陽のような存在だった。

闇を照らす光。孤独から解放する優しい温もり。

彼に出会ったことで、シルヴィアの人生は色鮮やかになった。

そして、人を愛することの素晴らしさをシルヴィアに教えてくれた。

「オスカー……」

――あなたが好き。

そっと呟くように気持ちを伝えれば、「わかってる」と返される。

「離れていても、ずっと愛しているから」

「……ん……」

「必ず、また会いに来る。だからシルヴィア――」

微笑んだ彼が、シルヴィアの耳元へと唇を寄せた。

――もう一度、約束しよう。

あの頃、いつもそうしていたように。

「……ええ」

涙ぐみながら頷くシルヴィアに、温かな口づけが降りてくる。目に、頬に、唇に、彼の唇が慈しむように、優しく重ねられていく。

「愛してる、シルヴィア」

「……っ、オスカー……」

わたしも愛してると伝えたかった。けれど、万感の想いは涙に邪魔されて伝えることができなくて――。

シルヴィアの想いをわかっているというように、彼はそっと口づける。優しく触れるだけの穏やかな行為は、幼い日に彼が与えてくれたものと同じだった。

きっと今の自分は、流れ続ける涙でひどい顔になっているだろう。けれど、それがわかっているのに、後から後からあふれる涙を止めるすべを、シルヴィアは知らない。

そんなシルヴィアを抱きしめたまま、オスカーは彼女に囁き続ける。

「愛してる」と。

やがて訪れる別れを前に、わずかな時間を惜しむように二人は抱き合う。

その姿を、漆黒の空に浮かぶ月がやわらかく照らしていた――。

終章

「あれで良かったのか？」

その問いかけに、車窓を流れる景色をぼんやりと眺めていたオスカーは、向かい側に座るアビゲイルへと視線を向けた。

「本当は連れて帰りたかったんじゃないのか？」

「良かったんだよ、あれで」

ため息交じりにオスカーは答えて、再び車窓へと顔を向けた。

彼女が納得するためには、一度離れる必要があったのだ。

シルヴィアを大聖堂の司祭らに託して去るにあたり、オスカーは彼女には内密で、護衛として部下を数名残してきた。

オスカーの予想では、アンドリューはしばらくの間はおとなしくしているだろうが、それも数か月のことだろうと踏んでいた。

だがその数か月は、大司教が回復し、かつシルヴィアが自身の心と折り合いをつけるには十分な時間だとも考えていた。

「ふうん。しかし意外だな。お前が彼女を諦めるなんて」

「諦める？」

——そんなわけないだろう。

「おい、何を笑ってる？」

アビゲイルがいぶかしむように問いかけるが、オスカーは答えない。

半日前、シルヴィアと交わした会話の中で彼女が言っていたことを思い出す。

『これまでのように会いに来て欲しい……』

ためらいながらも彼女が口にした願いを聞いたとき、オスカーは自分の中にどろどろとした昏い喜びが込み上げるのを感じていた。

——彼女は確実に俺を愛している。

もしもあの時、もう二度と会わないと彼女が言っていたら、オスカーは強引にでもシルヴィアを連れ帰るつもりだった。

そして、シルヴィアがどれほど嫌がろうとも、オスカーが彼女のために造ったあの離宮に、永遠に閉じ込めてしまおうと本気で考えていた。

死が二人を分かつその瞬間まで、あの鳥籠という名の楽園で二人きりで過ごす。それはオスカーにとって、この上なく幸せな未来に思えた。

――まあいい。道はいずれ繋がる。

今、シルヴィアとの距離は離れつつあるが、オスカーの中に不安はなかった。

なぜなら、彼には確信があったからだ。

彼女の中に注いだ子種が、近く実を結ぶであろうことを。

離宮での日々、オスカーは夜ごとシルヴィアを抱きながら、彼女の体に起きているわずかな変化も見逃さなかった。

我ながら卑怯だという自覚はある。けれどそうでもしなければ、彼女を手に入れることができないのなら、オスカーに迷いはなかった。

あの日、オスカーは夜の庭でシルヴィアを抱きしめながら言った。

『今だけはその罪に目をつぶってくれ』

あの言葉に込められた本当の意味に、おそらく彼女は気づいていないだろう。

「シルヴィア、次に会うのが楽しみだよ」

――その時は、たとえお前が迷っていたとしても、もう俺は待たない。

シェヴィリアへ戻る馬車の中、車窓を流れる景色を眺めるオスカーの口元には、ほの昏さを滲ませた微笑が浮かんでいた――。

あとがき

こんにちは。葛西青磁《かさいせいじ》です。

今回は、聖女と呼ばれる王女シルヴィアと、彼女を長年想い続ける隣国の王オスカーの物語です。

元々じれじれの幼馴染みものが好きで、加えてヒロインを長年想い続けた挙句にちょっと壊れたヒーローが大好物なので、今回オスカーには色々頑張ってもらいました。

作中で苦労したのは、シルヴィアの『見え方』の表現です。シルヴィアは視覚に制限があるものの、全盲というわけではないので、見えるときと見えないときの使い分けには悩まされました。

途中何度も設定を変えようかと迷いましたが、無事に書き上げることができて良かったです。シルヴィアの見ている世界が、読んでくださっている皆様に少しでも伝われば嬉しいです。

イラストを描いてくださった芦原《あしはら》モカ様。この度は素敵な二人を描いてくださって、本当にありがとうございました。

担当様。今回も色々とご指導いただき、本当にありがとうございました！

そして、この本を手にとってくださったすべての皆様へ、心からの感謝を込めて。

葛西青磁

この本を読んでのご意見・ご感想をお待ちしております。

◆ あて先 ◆

〒101-0051
東京都千代田区神田神保町2-4-7 久月神田ビル7階
㈱イースト・プレス　ソーニャ文庫編集部
葛西青磁先生／芦原モカ先生

聖女《せいじょ》は鳥籠《とりかご》に囚《とら》われる

2017年4月5日　第1刷発行

著　者　葛西青磁《かさいせいじ》
イラスト　芦原《あしはら》モカ
装　丁　imagejack.inc
DTP　松井和彌
編集・発行人　安本千恵子
発行所　株式会社イースト・プレス
〒101-0051
東京都千代田区神田神保町2-4-7 久月神田ビル
TEL 03-5213-4700　FAX 03-5213-4701
印刷所　中央精版印刷株式会社

ISBN 978-4-7816-9597-6
定価はカバーに表示してあります。